O JOVEM DUQUE

Título original: *The Little Duke*
copyright © Editora Lafonte Ltda. 2024

Todos os direitos reservados.
Nenhuma parte deste livro pode ser reproduzida por quaisquer meios existentes sem autorização por escrito dos editores.

Direção Editorial *Ethel Santaella*
Tradução *Débora Ginza*
Revisão *Rita Del Monaco*
Capa e diagramação *Marcos Sousa*
Imagens capa e miolo *Shutterstock*

Dados Internacionais de Catalogação na Publicação (CIP)
(Câmara Brasileira do Livro, SP, Brasil)

Yonge, Charlotte Mary, 1823-1901
 O jovem Duque / Charlotte Mary Yonge ; tradução Débora Ginza. -- 1. ed. -- São Paulo : Lafonte, 2024.

 Título original: The little duke.
 ISBN 978-65-5870-527-7

 1. Ficção inglesa I. Título.

24-199950 CDD-823

Índices para catálogo sistemático:

1. Ficção : Literatura inglesa 823

Aline Graziele Benitez - Bibliotecária - CRB-1/3129

Editora Lafonte

Av. Profª Ida Kolb, 551, Casa Verde, CEP 02518-000, São Paulo-SP, Brasil — Tel.: (+55) 11 3855-2100
Atendimento ao leitor (+55) 11 3855-2216 / 11 3855-2213 — atendimento@editoralafonte.com.br
Venda de livros avulsos (+55) 11 3855-2216 — vendas@editoralafonte.com.br
Venda de livros no atacado (+55) 11 3855-2275 — atacado@escala.com.br

CHARLOTTE MARY YONGE

O JOVEM DUQUE

A História de Richard, O Destemido

Tradução
Débora Ginza

Brasil, 2024

Lafonte

CAPÍTULO I

Em um claro dia de outono, no ano de 943, havia uma grande agitação no castelo de Bayeux, na Normandia.

O salão era grande e baixo, o teto arqueado e sustentado por grossas colunas pequenas, quase como a cripta de uma catedral; as paredes também eram grossas, e as janelas, que não tinham vidro, eram muito pequenas, colocadas em tal profundidade da parede que formavam assentos largos e fundos, sobre os quais a chuva poderia bater, sem atingir o interior do salão. E, mesmo que a chuva entrasse, não causaria nenhum prejuízo, nem machucaria ninguém, pois as paredes eram de pedra bruta e o chão de ladrilhos. Havia uma lareira em cada extremidade desse grande cômodo escuro, mas não havia chaminés sobre as amplas lareiras, e a fumaça se enrolava em grossas dobras brancas no teto abobadado, acrescentando-se às coroas de fuligem, que faziam o salão parecer um local mais escuro.

O fogo na extremidade inferior era de longe o maior e mais quente. Grandes caldeirões pretos estavam pendurados sobre ele, e os criados, homens e mulheres, com seus rostos vermelhos, braços nus e encardidos, e longos ganchos, potes e panelas de ferro, estavam ocupados ao redor dele. Na outra extremidade, que se erguia cerca de três degraus acima do chão do salão, outros criados estavam ocupados. Duas donzelas espalhavam junco fresco no chão; alguns homens estavam montando uma longa mesa de tábuas toscas, apoiadas em cavaletes, e então colocando sobre ela taças de prata, copos de chifre e travessas de madeira.

Bancos foram colocados para receber a maioria dos convidados, mas no meio, no lugar de honra, havia uma cadeira alta com pernas cruzadas bem grossas e braços curiosamente esculpidos com rostos e garras de leão; um banquinho de madeira desajeitado estava colocado na frente, e a taça de prata sobre a mesa era de um trabalho muito mais bonito do que as outras, ricamente decorada com folhas de videira e uvas, e figuras de meninos com pernas de cabra. Se aquele cálice pudesse contar sua história, ela seria bem estranha, pois havia sido feito há muito tempo, nos antigos tempos romanos, e trazido da Itália por algum pirata nórdico.

No meio de todas essas atividades, estava uma imponente senhora idosa que se movimentava de um lado para o outro. Tinha longos cabelos claros e espessos, levemente grisalhos, presos em volta da cabeça, debaixo de um alto gorro branco com uma faixa passando sob o queixo. Ela usava uma longa túnica escura, com mangas largas e soltas, e grossos brincos e colar de ouro, que possivelmente tinham vindo do mesmo material da taça. Gerenciava os criados, inspecionava a comida e a disposição da mesa, trocava ideias com um velho mordomo, de vez em quando olhava ansiosamente pela janela, como se esperasse alguém, e começou a dizer que estava receosa que os jovens caçadores não conseguissem trazer para casa a carne de veado a tempo para o jantar do duque Guilherme.

Em seguida, ela ergueu os olhos com alegria, pois ouviu o som de uma trombeta e, em poucos momentos, um menino de cerca de 8 anos de idade apareceu no corredor, com suas bochechas rosadas e grandes olhos azuis brilhando com vivacidade, e seus longos cabelos castanho-claros esvoaçando atrás dele, enquanto corria até ela com um arco na mão e gritava: – Eu o acertei, eu o acertei! Sra. Astrida, a senhora ouviu? É um veado de dez chifres, e eu o acertei no pescoço.

– Você, meu sr. Richard! Você o matou?

– Oh, não, eu só o atingi. Foi a flecha de Osmond que o acertou no olho, e... então, sra. Astrida, ele veio correndo pela floresta, e eu fiquei escondido atrás de um grande olmo com meu arco assim...

E Richard começou a encenar toda a caça ao veado, mas a senhora, isto é, a sra. Astrida estava muito ocupada para ouvir e interrompeu: – Eles trouxeram o pernil para casa?

– Sim, Walter está trazendo. Eu tinha uma flecha longa...

Nesse instante, um guarda robusto entrou trazendo a carne de veado, e a sra. Astrida apressou-se para ver se era suficiente e começou a dar instruções, o pequeno Richard a seguindo por todo o lugar e contando a história ansiosamente como se ela estivesse prestando atenção nele, mostrando como havia atirado a flecha, como Osmond tinha atingido o animal, como o veado saltou e caiu, e depois falou sobre os galhos de seus chifres, sempre dizendo ao final de cada frase: – Tenho de contar isso ao meu pai. A senhora acha que ele voltará logo?

Nesse ínterim, dois homens entraram no salão, um deles aparentava uns 50 anos, o outro uns 22, ambos em trajes de caça de couro, usando largos cintos bordados transpassados, segurando uma faca e uma corneta. O mais velho tinha ombros largos, era bronzeado, corado e tinha uma aparência bastante severa; o mais jovem, que também era o mais alto, era franzino e muito ativo, com olhos cinzentos brilhantes e um sorriso alegre. Eles eram o filho da sra. Astrida, Sir Eric de Centeville, e o neto, Osmond. O duque Guilherme da Normandia havia confiado a eles a criação de seu único filho, Richard.[1]

Sempre foi costume entre os nórdicos que os jovens príncipes fossem colocados sob os cuidados de algum vassalo de confiança, em vez de serem criados em casa, e uma das razões pelas quais os Centevilles haviam sido escolhidos pelo duque Guilherme era porque tanto Sir Eric quanto sua mãe falavam apenas a velha língua norueguesa, que ele desejava que o jovem Richard entendesse bem, ao passo que, em outras partes do ducado, os normandos haviam esquecido sua língua e haviam adotado o que era então chamado de *Languéd'ouì*, uma língua entre o alemão e o latim que, na realidade, era o início da língua francesa.

Nesse dia, o próprio duque Guilherme era esperado em Bayeux, para fazer uma visita a seu filho antes de partir em uma viagem para resolver as disputas entre os condes de Flandres e Montreuil, e esse era o motivo dos grandes preparativos da sra. Astrida. Assim que viu o pernil colocado em um espeto e um menino que estava ali, diante do fogo, para virá-lo, imediatamente saiu para cuidar dos trajes do jovem príncipe Richard, a quem ela conduziu a um dos quartos superiores. Enquanto ele

---

1 Richard foi criado e educado em Bayeaux, como o duque Guilherme conta na Crônica da Normandia:

tinha tempo suficiente para falar sem parar, ela, embora fosse uma grande dama, penteava seus longos cachos esvoaçantes e abotoava sua túnica curta de tecido escarlate, que chegava apenas até os joelhos, deixando nus o pescoço, os braços e as pernas. Ele implorou muito para usar uma adaga curta e lindamente ornamentada em seu cinto, mas a sra. Astrida não permitiu.

– Você terá muito tempo para lidar com a espada e a adaga antes que sua vida acabe, – disse ela – não precisa começar cedo demais.

– Com certeza eu terei – respondeu o pequeno Richard – Serei chamado Richard da Espada Afiada, ou o Espírito Ousado, prometo a você, sra. Astrida. Somos tão corajosos nesses dias quanto os Sigurds e Ragnars sobre os quais a senhora fala em suas canções! Eu só queria que houvesse serpentes e dragões para matar aqui na Normandia.

– Não tenha medo, mas você encontrará muitos deles – disse a sra. Astrida; – há dragões do mal aqui e em toda parte, tão venenosos quanto aqueles que menciono nas minhas sagas.

– Eu não tenho medo deles – disse Richard, mas ele não a entendia – a senhora poderia apenas me dar a adaga! Ouça! Escute! – disparou para a janela. – Eles estão chegando, estão chegando! Olhe a bandeira da Normandia.

O menino saiu correndo feliz e não parou nem um minuto até chegar à base da longa e íngreme escada de pedra que levava ao alpendre cercado. Lá estavam o Barão de Centeville e seu filho, para receber seu príncipe. O pequeno Richard olhou para Osmond e disse: – Deixe-me segurar seu estribo – e então saltou e gritou de alegria, pois sob o portão em arco apareceu um cavalo alto e preto, trazendo o majestoso duque da Normandia. Seu manto púrpura ficava preso por um rico cinto, sustentando a poderosa arma, motivo pelo qual ele era chamado de Guilherme Espada Longa, suas pernas e pés estavam envoltos em correntes de aço entrelaçadas, tinha esporas douradas em seus calcanhares, e seu cabelo castanho curto estava coberto por seu gorro ducal de púrpura, enrolado com pele, e uma pena presa por um broche feito de pedras preciosas. Sua testa mostrava que estava sério e pensativo e, no primeiro momento que se olhava para ele, havia um misto de dignidade e tristeza em seu semblante, lembrando que havia perdido sua jovem esposa muito cedo, a duquesa Emma, e que ele estava atormentado por muitas labutas e preocupações; mas o olhar seguinte geralmente transmitia encorajamento, pois seus olhos eram cheios de brandura e a expressão de seus lábios demonstrava toda sua gentileza.

E, naquele instante, um sorriso brilhante iluminou o pequeno Richard, que, pela primeira vez, prestou-lhe o dever de um aluno de cavalaria, segurando o estribo enquanto ele saltava de seu cavalo. Em seguida, Richard ajoelhou-se para receber sua bênção, o que sempre era o costume quando os filhos encontravam seus pais. O duque pôs a mão em sua cabeça, dizendo: – Deus, por Sua misericórdia, te abençoe, meu filho – e, erguendo-o nos braços, segurou-o contra o peito e deixou-o agarrar-se ao seu pescoço e beijá-lo repetidas vezes, antes de colocá-lo no chão, enquanto Sir Eric avançava, dobrava os joelhos, beijava a mão de seu príncipe e o recebia em seu castelo.

Levaria muito tempo para repetir todas as palavras amigáveis e corteses que foram ditas, a saudação do duque e da nobre sra. Astrida e a recepção dos Barões que vieram no séquito de seu Senhor. O pequeno Richard foi convidado a cumprimentá-los, mas, embora estendesse a mão como desejava, encolheu-se um pouco ao lado de seu pai, olhando para eles com certo medo e timidez.

Havia o conde Bernard, de Harcourt, chamado de "dinamarquês"[2], com seus cabelos e barba ruivos e desgrenhados, aos quais um toque de cinza dava uma tonalidade estranha e não natural, seus olhos pareciam ferozes e selvagens sob suas sobrancelhas grossas, uma delas deformada por causa de um corte de espada, que deixou uma larga cicatriz vermelha e roxa em ambas as bochechas e na testa. Havia também o alto barão Ranulfo, de Ferrières, envolto em uma cota de malha de aço, que ressoava enquanto ele caminhava, e os homens de armas, com capacetes e escudos, parecendo como se a armadura de Sir Eric, que ficava pendurada no granizo, tivesse ganhado vida e estava andando por aí.

Eles se sentaram para o banquete da sra. Astrida, que ficou à direita do duque, e o conde de Harcourt à esquerda. Osmond serviu o duque, e o pequeno Richard entregou sua taça e seu prato. Durante toda a refeição, o duque e seus lordes conversaram seriamente sobre a expedição na qual deveriam encontrar o conde Arnulfo de Flandres, em uma pequena ilhota no rio Somme, para chegar a algum acordo, pelo qual Arnulf deveria fazer uma restituição a conde Herluin de Montreuil, por certas injustiças que lhe fez.

Alguns disseram que esse seria o momento mais adequado para exigir que Arnulf entregasse a posse de algumas cidades em suas fronteiras, às quais a Normandia há muito reivindicava, mas o duque balançou a cabeça, dizendo que não buscaria

---

2 Bernard foi o fundador da família de Harcourt de Nuneham; Ferrières, o ancestral da família Ferrars.

nenhuma vantagem egoísta quando chamado para fazer o julgamento de outros.

Richard estava bastante cansado de sua conversa séria e achou o jantar muito longo; mas finalmente acabou, fizeram uma oração de gratidão, as tábuas que serviam de mesas foram removidas e, como ainda estava claro, alguns dos convidados foram ver como seus corcéis estavam sendo tratados, outros foram ver os cavalos e cães de Sir Eric, e outros ficaram reunidos em grupos.

O duque teve tempo de dar atenção a seu filho, e o jovem Richard sentou-se no colo do pai e contou sobre todas as suas aventuras, como tinha atingido o veado com sua flecha naquele dia, como Sir Eric o deixou cavalgar para caçar em seu pequeno pônei. Contou que Osmond o levou para se banhar no rio fresco e brilhante e também que ele tinha visto o ninho do corvo no topo da velha torre.

O duque Guilherme ouviu, sorriu e pareceu tão satisfeito em ouvir quanto o menino em contar. – Richard, – disse ele, por fim – você não tem nada a me contar sobre o padre Lucas e seu grande livro? Nem uma palavra? Olhe para mim, Richard, e conte-me o que aprendeu.

– Ah, pai! – disse Richard, em voz baixa, brincando com o fecho do cinto do pai e olhando para baixo.

– Espero que você esteja tentando aprender alguma coisa! – disse o duque.

– Sim, pai, eu tento, mas é muito difícil, as palavras são tão longas, e o padre Lucas sempre vem quando o sol está bem forte e a floresta bem verde, que não sei como aguento ficar debruçando sobre aqueles ganchos e traços pretos.

– Pobrezinho – disse o duque Guilherme sorrindo, e Richard, bastante encorajado, continuou com mais ousadia. – O senhor não sabe ler essas letras, não é meu pai?

– Para minha tristeza, não sei – respondeu o duque.

– Sir Eric também não sabe, nem Osmond, nem ninguém, e por que preciso ler e ter cãibras nos dedos ao escrever, como se eu fosse um sacerdote, em vez de um jovem duque? – Richard olhou para o rosto de seu pai e abaixou a cabeça, como se estivesse meio envergonhado de questionar sua vontade, mas o duque respondeu de bom grado:

– É difícil, sem dúvida, meu filho, para você, agora, mas no futuro será muito bom para você. Eu daria tudo que tenho para ser capaz de ler aqueles livros sagrados que agora só posso ouvir quando são lidos por um sacerdote. Desde que tive o desejo de aprender, não tive tempo como você tem agora.

– Mas cavalheiros e nobres nunca aprendem – respondeu o jovem Richard.

– E você acha que isso é um motivo para que eles nunca aprendam? Você está enganado, meu filho, pois os reis da França e da Inglaterra, os condes de Anjou, da Provença e de Paris, sim, até mesmo o rei Haakon da Noruega,[3] todos eles conseguem ler os livros sagrados.

---

3 Haakon da Noruega foi educado por Etelstano da Inglaterra. Foi Foulques le Bon, o contemporâneo Conde de Anjou, que, quando ridicularizado por Luís IV, por apresentar-se no coro de Tours, escreveu a seguinte réplica: "Do Conde de Anjou ao Rei da França: – Aprenda, Monsenhor, que um rei sem letras é um burro coroado".

– Vou lhe dizer uma coisa, Richard, quando o tratado foi redigido para restaurar o rei Luís ao seu trono, fiquei envergonhado de ser um dos poucos vassalos da coroa que não conseguia escrever o nome nele.

– Mas ninguém é tão sábio nem tão bom quanto o senhor, pai – disse Richard com orgulho. – Sir Eric costuma dizer isso.

– Sir Eric ama demais seu duque para ver seus defeitos – disse o duque Guilherme – mas eu poderia ter sido muito melhor e mais sábio, se tivesse sido ensinado por mestres como você. Vou lhe dizer uma coisa, Richard, não são apenas todos os príncipes daqui que podem ler, os da Inglaterra também, o rei Etelstano faz questão que todos os nobres sejam ensinados; eles estudam no próprio palácio, com seus irmãos, e leem as boas palavras que o rei Alfredo, o contador de verdades, colocou em sua língua para eles.

– Eu odeio os ingleses – disse Richard, erguendo a cabeça e parecendo muito feroz.

– Odeia? E por quê?

– Porque eles mataram traiçoeiramente o bravo rei do mar Ragnar! A sra. Astrida canta sua canção de morte, a mesma que ele cantou quando as víboras o estavam devorando, e ele sentia-se glorioso ao pensar como seus filhos trariam os corvos para banquetear-se com os saxões. Oh, se eu fosse seu filho, teria continuado a briga! Eu teria muito prazer em matar os traidores e queimar seus palácios! – Os olhos de Richard brilharam, e suas palavras, enquanto ele falava a velha língua nórdica, fluíam como versos selvagens em que as sagas ou canções lendárias eram compostas e que, talvez, estivesse repetindo inconscientemente.

O duque Guilherme parecia sério.

– A sra. Astrida não deve cantar mais essas sagas, – disse ele – se elas enchem sua mente com esses pensamentos vingativos, adequados apenas para os adoradores de Odin e Thor. Nem Ragnar nem seus filhos sabiam se alegrar de outra forma que não fosse a vingança de morte, mas nós, que somos cristãos, sabemos que cabe a nós perdoar.

– Mas os ingleses tinham matado o pai deles! – disse Richard, olhando para cima com olhos que mostravam sua insatisfação.

– Sim, meu jovem Richard, não estou falando contra eles, pois seríamos do mesmo jeito se o rei Haroldo, o loiro, não tivesse expulsado seu avô da Dinamarca. Eles não aprenderam a verdade, mas para nós foi ensinado: "Perdoe e você será perdoado". Ouça-me, meu filho, nossa nação é cristã; esse dever de perdão é muitas vezes negligenciado, mas que não seja assim com você. Tenha em mente, sempre que vir a Cruz[4] marcada em nosso estandarte, ou esculpida em pedra nas igrejas, que ela nos fala de perdão; mas desse perdão nunca provaremos se não perdoarmos nossos inimigos. Você está me entendendo, meu filho?

Richard hesitou um pouco e então disse: – Sim, pai, mas eu nunca conseguiria perdoar aqueles homens se fosse um dos filhos de Ragnar.

– Pode ser que você enfrente a mesma situação que eles, Richard – disse o duque – e se eu morrer, como pode muito bem acontecer, em algumas das disputas que destroem este infeliz reino da França, então, lembre-se do que estou lhe dizendo agora.

---

4 A bandeira da Normandia tinha uma cruz até Guilherme, o Conquistador, adotar o leão.

É seu dever para com Deus e para com o seu pai não manter rixas, nem ódios, mas, sim, considerar-se melhor vingado, quando você tiver, de coração, dado a mais completa prova de perdão ao teu inimigo. Dê-me sua palavra que fará isso!

– Sim, meu pai – respondeu Richard com um tom bastante moderado, e descansando a cabeça no ombro de seu pai. Houve um breve silêncio, durante o qual ele começou a divertir-se novamente, acariciar a barba curta e crespa do duque e brincar com seu colarinho bordado.

Ao fazê-lo, seus dedos agarraram uma corrente de prata e, ao puxá-la, viu uma chave de prata presa a ela. – Ah, o que é isso? – perguntou curioso. – O que essa chave abre?

– Meu maior tesouro – respondeu o duque Guilherme, enquanto recolocava a corrente e a chave dentro do manto.

– Seu maior tesouro, pai! É a sua coroa?

– Você saberá um dia – disse seu pai, baixando a mãozinha curiosa para interromper suas investigações. Naquele momento, alguns dos barões estavam voltando para o salão, e o duque não teve mais tempo para dedicar a seu filhinho.

No dia seguinte, após o culto matinal na Capela e o café da manhã no salão, o duque iniciou novamente sua jornada, dando a Richard esperanças de que ele provavelmente retornaria dentro de quinze dias e pedindo que dele prometesse ficar bem atento às aulas do padre Lucas, e ser muito obediente a Sir Eric de Centeville.

CAPÍTULO II

Uma noite, a sra. Astrida estava sentada em sua cadeira no canto da chaminé, com sua roca, sua carga de linho na mão, enquanto torcia e puxava a linha, e seu fuso dançava no chão. Em frente a ela estava sentado, dormindo em sua cadeira, Sir Eric de Centeville. Osmond estava em um banco baixinho no canto da chaminé, aparando e moldando com sua faca algumas penas do ganso selvagem, que voaria de uma maneira diferente, não mais um voo inofensivo de um ganso, mas um que encontraria uma flecha afiada.

Os homens da casa sentavam-se enfileirados em bancos de um lado do salão, as mulheres do outro; uma grande lareira vermelha e uma imensa lamparina com uma chama tremulante que pendia do teto forneciam a luz para o lugar; as janelas eram fechadas com persianas de madeira, e todo o cômodo tinha uma aparência alegre. Dois ou três cães grandes descansavam em frente à lareira, e entre eles estava o pequeno Richard da Normandia, que ora alisava as orelhas largas e macias dos cães, ora fazia cócegas nas grandes almofadas de seus pés com a ponta de uma das penas de Osmond ou abria bem os olhos de um desses cães sonolentos e bondosos, que apenas esticava as pernas e protestava com uma espécie de gemido baixo, em vez de um rosnado. Os olhos do menino estavam, o tempo todo, completamente fixados na sra. Astrida, para não perder sequer uma palavra da história que ela lhe contava; como Earl Rollo, seu avô, havia navegado para a foz do Sena, e como o arcebispo Franco, de Rouen, veio ao seu encontro e trouxe-lhe as chaves da cidade, e como nenhum neustriano[5] de Rouen foi prejudicado por os valentes nórdicos. Então ela contou a ele sobre o batismo de seu avô e como, durante os sete dias em que usava suas vestes batismais brancas, ele havia feito grandes doações para todas as principais igrejas em seu ducado da Normandia.

– Conte mais sobre a homenagem prestada – disse Richard – e como Sigurd Bloodaxe derrubou o pobre rei Charles! Ah, eu teria dado muitas risadas ao vê-lo cair!

– Não, não, lorde Richard – disse a velha senhora – eu não gosto dessa história. Isso foi antes que o povo normando aprendesse a ser educado, e a grosseria deve ser esquecida e não lembrada, exceto se for para corrigi-la. Prefiro contar a você sobre nossa chegada a Centeville e como achei tristes esses prados tranquilos e riachos largos e suaves, comparados com o fiorde do meu pai na Noruega, cercado por altas rochas negras e pinheiros escuros acima deles, e ao longe as montanhas cobertas de neve erguendo-se até o céu. Ah!, como as águas eram azuis nos longos dias de verão, quando eu me sentava no barco de meu pai no pequeno fiorde e...

A sra. Astrida foi interrompida. Um toque de corneta soou no portão do castelo, os cachorros se levantaram e soltaram um

....

5 Indivíduo natural da Nêustria, nome antigo da parte oeste da França. (N.T.)

súbito latido ensurdecedor; Osmond deu um salto e exclamou: – Ouçam! – e tentou silenciar os cães. Richard correu até Sir Eric, gritando: – Acorde, acorde, Sir Eric, meu pai chegou! O senhor precisa abrir o portão para ele entrar.

– Calma, cachorros! – disse Sir Eric, levantando-se lentamente, enquanto o toque da corneta se repetia. – Vá, Osmond, com o porteiro e veja se aquele que está chegando a essa hora é amigo ou inimigo. Fique aqui, meu Senhor – ele acrescentou, enquanto Richard corria atrás de Osmond. O menino obedeceu e ficou parado, embora estivesse tremendo de impaciência.

– Notícias do duque, imagino – disse a sra. Astrida. – Dificilmente pode ser ele mesmo a essa hora.

– Oh, tomara que seja mesmo, querida sra. Astrida! – disse Richard. – Ele disse que viria de novo. Ouça as patas de cavalo no pátio! Tenho certeza de que é o trote do seu cavalo preto! E eu não estarei lá para segurar seu estribo! Oh! Sir Eric, deixe-me ir até lá, por favor.

Sir Eric, sempre um homem de poucas palavras, apenas balançou a cabeça, e naquele momento ouviram-se passos na escada de pedra. Mais uma vez, Richard estava prestes a saltar para frente, quando Osmond entrou, seu rosto mostrando, à primeira vista, que algo estava errado; mas tudo o que ele disse foi: – Conde Bernard de Harcourt e Sir Ranulfo de Ferrières – em seguida se afastou para deixá-los passar.

Richard ficou parado no meio do corredor, desapontado. Sem cumprimentar Sir Eric, ou a qualquer um dentro do salão, o Conde de Harcourt se aproximou de Richard, dobrou o joelho diante dele, pegou sua mão e disse com voz trêmula e peito arfante: – Richard, duque da Normandia, eu sou seu servo e verdadeiro vassalo – então, levantando-se de joelhos enquanto Ranulfo de Ferrières fazia a mesma coisa, o senhor cobriu o rosto com as mãos e chorou alto.

– Isso é verdade? – perguntou o Barão de Centeville; e sendo respondido por um olhar triste e um suspiro de Ferrières, ele também se curvou diante do menino e repetiu as palavras: – Sou seu servo e verdadeiro vassalo, e juro fidelidade ao seu reinado por meu castelo e baronato de Centeville.

– Ah, não, não! – exclamou Richard, puxando a mão para trás numa espécie de agonia, sentindo-se como se estivesse em um sonho terrível do qual não conseguia acordar. – O que significa isso? Oh! Sra. Astrida, diga-me o que significa isso? Onde está o meu pai?

– Ai, meu filho! – disse a velha senhora, colocando o braço em volta dele e puxando-o para perto dela, enquanto suas lágrimas desciam pelo rosto, e Richard ficou de pé, tranquilizado por seu abraço, ouvindo o que os quatro nobres estavam falando com os olhos bem abertos e a respiração profunda oprimida, e percebeu que falavam seriamente entre si, sem dar muita atenção a ele.

– O duque está morto! – repetiu Sir Eric de Centeville, atordoado e estupefato.

– Então é verdade mesmo – disse Ranulfo, lenta e tristemente, e o silêncio só foi quebrado pelos longos soluços do choro do velho conde Bernard.

– Mas como? Quando? Onde? – irrompeu Sir Eric naquele momento. – Não havia nenhum rumor de batalha quando vocês partiram. Meu Deus, por que eu não estava ao lado dele?

– Ele não foi morto em batalha – respondeu melancolicamente Sir Ranulfo.

– Como alguma doença poderia derrubá-lo tão rapidamente?

– Não foi nenhuma doença – respondeu Ferrières.

– Foi uma traição. Ele foi morto na Ilha de Pecquigny, pelas mãos de um falso flamengo!

– O traidor ainda está vivo? – gritou o barão de Centeville, segurando sua espada.

– Ele está vivo e comemorando seu crime – disse Ferrières – protegido em suas cidades mercantes.

– Não consigo acreditar no que estou ouvindo, meus senhores! – disse Sir Eric. – Nosso duque morto, seu inimigo protegido e vocês aqui contando a história!

– Eu gostaria de estar caído e morto ao lado de meu Senhor! – disse o conde Bernard – mas estou aqui pelo bem da Normandia e dessa pobre criança, que precisa de todos os seus amigos em sua casa. Preferiria ficar cego para sempre do que ter tido aquela visão! E nem uma espada levantada em sua defesa! Conte como foi, Ranulfo! Não quero falar sobre isso!

Atirou-se sobre um banco e cobriu o rosto com o manto, enquanto Ranulfo de Ferrières prosseguia: – Vocês sabem como, em uma hora ruim, nosso bom duque combinou de encontrar esse covarde, o Conde de Flandres, na ilha de Pecquigny, o duque e o conde trazendo, cada um, doze homens com eles, todos desarmados. O duque Alan da Bretanha estava do nosso lado, o conde Bernard também estava conosco, o velho conde Bothon e eu. Não estávamos levando nenhuma arma... quem dera estivéssemos... mas isso não era verdade para os traiçoeiros flamengos. Ah, meu Deus! Jamais esquecerei a nobre presença do duque Guilherme quando ele desembarcou e tirou o chapéu para cumprimentar o patife Arnulf.

– Sim – interveio Bernard – E você não notou as palavras do traidor, quando eles se encontraram? "Meu Senhor", ele disse, "você é meu escudo e minha defesa."

– Em seguida – continuou Ranulfo – eles conversaram, e como as palavras não custam nada para Arnulf, ele não apenas prometeu todas as restituições ao miserável Montreuil, mas também se ofereceu para prestar homenagem ao nosso duque de Flandres; mas isso nosso Guilherme recusou, dizendo que era um erro terrível tanto para o rei Luís da França quanto para o Kaiser Otho da Alemanha, tirar deles seu vassalo. Despediram-se com toda a cortesia e embarcamos novamente. Foi um prazer para o duque Guilherme ir sozinho em um pequeno barco, enquanto nós, doze, estávamos juntos em outro. Quando estávamos quase chegando à margem do nosso lado, os flamengos deram um grito, dizendo que seu conde tinha algo mais a dizer ao duque e, proibindo-nos de segui-lo, o duque virou seu barco e voltou para a outra margem. Assim que ele pôs os pés na ilha, – prosseguiu o normando, cerrando as mãos e falando entre os dentes – vemos um flamengo golpeá-lo na cabeça com um remo; ele caiu inconsciente, o resto se jogou sobre ele, e no momento seguinte ergueram suas adagas ensanguentadas nos mostrando com todo desprezo o que haviam feito! Vocês podem imaginar como gritamos e esbravejamos com eles, e viramos nossos remos o mais rápido possível, mas foi tudo em vão, eles já estavam em seus barcos e, antes mesmo de chegarmos à ilha, estavam do outro lado do rio, montados em seus cavalos. Eles fugiram com toda velocidade que conseguiram e ficaram fora do alcance da nossa vingança.

– Mas não vão ficar muito tempo livres! – exclamou Richard, começando a avançar, pois, para sua fantasia infantil, essa terrível história era mais uma das lendas da sra. Astrida do que uma realidade, e no momento seu pensamento estava apenas na escuridão da traição. – Como eu gostaria de já ser um homem para castigá-los! Um dia eles sentirão...

De repente, ele parou de falar porque se lembrou de como seu pai havia proibido suas afirmações de vingança, mas suas palavras foram avidamente ouvidas pelos barões que, como o duque Guilherme dizia, estavam longe de possuir algum temperamento de perdão, consideravam a vingança um dever, e ficaram felizes em ver um espírito guerreiro em seu novo príncipe.

– Ora! Meu jovem senhor o disse muito bem! – exclamou o velho conde Bernard, levantando-se. – Sim, e vejo um brilho em seus olhos que me diz que um dia você o vingará com toda a nobreza!

Richard ergueu a cabeça, e seu coração disparou, quando Sir Eric respondeu: – Sim, é verdade! Você pode procurar em toda a Normandia e também na Noruega, porque não vai encontrar um temperamento mais ousado e livre. Confie em minha palavra, conde Bernard, nosso jovem duque será tão famoso quanto seus antepassados!

— Tenho certeza que sim! – disse Bernard – Ele tem o porte de seu avô, duque Rollo, e muito, também, de seu nobre pai! Como você mesmo diz, lorde Richard, você será um valente líder da raça normanda contra nossos inimigos?

— Isso eu serei! – disse Richard, animado pelos aplausos excitados devido às suas poucas palavras ditas. – Cavalgarei à frente de vocês todos esta noite, se partirem para castigar os traiçoeiros flamengos.

— Você cavalgará conosco amanhã, meu jovem Senhor, – respondeu Bernard – mas será para Rouen, para ser consagrado com sua espada e seu manto ducal e receber a homenagem de seus vassalos.

Richard abaixou a cabeça sem responder, pois isso parecia trazer-lhe a percepção de que seu pai realmente se fora e que nunca mais o veria. Ele pensou em todos os seus projetos para o dia de seu retorno, como ele quase contou as horas e ansiava por dizer-lhe que o padre Lucas estava muito satisfeito com ele! E agora ele nunca mais deveria se aconchegar em seu peito, nunca mais ouviria sua voz, nunca mais veria aqueles olhos bondosos brilharem sobre ele. Seus olhos se encheram de lágrimas e, com vergonha de que todos percebessem, ele se sentou em um escabelo aos pés da sra. Astrida, apoiou a testa nas mãos e pensou em tudo o que seu pai havia feito e dito na última vez que estiveram juntos. Ele imaginou o retorno que havia sido prometido, repassando a reunião e a saudação, até que quase se convenceu de que essa história terrível era apenas um sonho. Mas, quando olhou para cima, lá estavam os barões, com seus rostos sérios e tristes, falando do cadáver, que o duque Alan da Bretanha estava escoltando para Rouen, para ser enterrado ao lado do velho duque Rollo e da duquesa Emma, mãe de Richard. Então ele se perdeu nos pensamentos de como aquele corpo enrijecido e cheio de sangue poderia ser o mesmo que o do pai cujo braço estava recentemente ao seu redor, e também ficou pensando se o espírito de seu pai sabia o que ele pensava dele. Enquanto estava envolvido nesses devaneios, o jovem órfão duque da Normandia, esquecido por seus vassalos que discutiam seriamente o que havia acontecido, adormeceu e mal acordou o suficiente para dizer suas orações quando a sra. Astrida finalmente se lembrou dele e o levou para a cama.

Quando o jovem Richard acordou na manhã seguinte, mal podia acreditar que tudo o que havia acontecido à noite era verdade, mas logo descobriu que era muito real e que tudo já estava preparado para ele ir para Rouen com os vassalos. Na verdade, o conde de Harcourt viera a Bayeux com o único propósito de buscá-lo. A sra. Astrida estava bastante triste porque "a criança", como ela o chamava, tinha de ir sozinha com os guerreiros; mas Sir Eric riu dela e disse que de modo algum seria bom para o duque da Normandia levar sua babá com ele em sua primeira entrada em Rouen, e que ela deveria se contentar em segui-lo por uma curta distância sob a escolta de Walter, o caçador.

Então a sra. Astrida se despediu de Richard, encarregando Sir Eric e Osmond de cuidarem dele o melhor que pudessem e derramando lágrimas como se a separação fosse durar um longo tempo. Em seguida, ele se despediu dos servos do castelo, recebeu a bênção do padre Lucas e, montado em seu pônei, partiu entre Sir Eric e o conde Bernard. Richard era apenas um garotinho e não pensou muito em sua perda, enquanto cavalgava ao ar livre da manhã, sentindo-se um príncipe à frente de seus vassalos, seu estandarte colocado diante dele e o povo saindo, onde quer que ele passasse para contemplá-lo e clamar por bênçãos em seu nome. Ranulfo de Ferrières carregava uma bolsa grande e pesada, cheia de prata e ouro, e sempre que eles chegavam perto dessas multidões que os estavam observando, Richard ficava feliz em enfiar as mãos nela e espalhar punhados de moedas entre os espectadores, especialmente onde via crianças pequenas.

Pararam para comer e descansar no meio do dia, no castelo de um barão que, mal terminada a refeição, montou no seu cavalo e juntou-se a eles na cavalgada até Rouen. Até agora não tinha sido muito diferente da última viagem de Richard, quando foi passar o Natal lá com seu pai; mas agora que eles estavam começando a se aproximar da cidade, ele reconheceu o largo rio Sena, e viu a torre quadrada da Catedral, e lembrou-se de como naquele mesmo lugar seu pai o conheceu, e como ele cavalgou ao seu lado na cidade, e foi conduzido por sua mão até o castelo.

Seu coração estava muito pesado, ao lembrar que não havia ninguém para dar as boas-vindas e recebê-lo; dificilmente alguém a quem ele pudesse contar seus pensamentos, pois aqueles barões altos e sérios não tinham nada a dizer a um menino tão pequeno, e o próprio respeito e formalidade com que o tratavam o faziam se afastar deles ainda mais, especialmente de Bernard, que tinha um rosto sombrio; e até Osmond, que era seu amigo e companheiro de brincadeiras, foi obrigado a cavalgar bem mais atrás por causa de sua posição inferior.

Eles entraram na cidade quando já escurecia. O conde Bernard olhou para trás e organizou a procissão; Eric de Centeville pediu ao jovem Richard que se sentasse ereto e não parecesse cansado, e então todos os cavaleiros se mantiveram eretos enquanto o pequeno duque cavalgava sozinho, um pouco à frente deles, através do portão. Alguém deu um grito de boas-vindas: – Viva o jovem duque! – e uma multidão se juntou ao redor dele para contemplar sua entrada, tantas que o saco de moedas logo foi esvaziado por sua generosidade. A cidade inteira era como um grande castelo, cercado por uma muralha e um fosso, e com a Torre de Rollo erguendo-se em uma extremidade como a torre de menagem[6] de um castelo, e era para lá que Richard estava virando seu cavalo, quando o conde de Harcourt disse: – Não, meu Senhor, para a igreja de Nossa Senhora.[7]

Naquela época, era dever dos parentes e amigos da pessoa falecida que a visitassem antes do sepultamento, para aspergir gotas de água benta; e, portanto, Richard deveria agora prestar esse sinal de respeito. Ele tremeu um pouco, mas não parecia tão triste, já que deveria olhar mais uma vez para o rosto de seu pai, e então cavalgou em direção à Catedral. Ela estava bem diferente do que era quanto a viu pela primeira vez; as paredes eram muito grossas, as janelas pequenas e quase enterradas em pesados arcos esculpidos, as colunas internas eram baixas, desajeitadas e circulares, e geralmente era tão escuro que mal se via a abóbada do telhado.

Agora, porém, uma torrente de luz jorrava de todas as janelas, e quando Richard chegou à porta, viu não apenas as duas velas altas e grossas, que sempre queimavam em cada lado do altar, mas na capela havia uma fileira dupla de velas, dispostas em um quadrado, derramando um brilho puro e silencioso por todo o edifício, e principalmente nos ornamentos de prata e ouro do

---

6 Estrutura central de um castelo medieval, definida como o seu principal ponto de poder e último reduto de defesa, podendo, em alguns casos, servir de recinto habitacional do castelo. (N.T.)
7 A Catedral foi posteriormente construída pelo próprio Richard.

altar. Do lado de fora dessas luzes ajoelhava-se uma fileira de sacerdotes em trajes escuros, com as cabeças inclinadas sobre as mãos entrelaçadas e cantavam seus salmos com doçura e suavidade. Dentro daquele espaço guardado havia um esquife e uma forma estava sobre ele.

Richard tremeu ainda mais de admiração e teria feito uma pausa, mas foi obrigado a prosseguir. Ele mergulhou a mão na água da fonte, cruzou a testa e avançou lentamente, borrifou as gotas restantes na figura sem vida e depois ficou imóvel. Havia uma opressão em seu peito, como se não conseguisse respirar nem se mover.

Lá estava Guilherme da Espada Longa, como um bom e verdadeiro guerreiro cristão, vestido com sua armadura brilhante, a espada ao lado, o escudo no braço e uma cruz entre as mãos, apertada sobre o peito. Seu manto ducal de veludo carmesim, forrado de arminho, estava em volta dos ombros e, em vez de seu elmo, sua coroa estava na cabeça; mas, em contraste com esse rico traje, sobre a gola da cota de malha, estava dobrada a ponta de uma camisa de cilício áspera, que o duque usara por baixo das vestes, desconhecida de todos, até que seu cadáver fosse retirado de suas roupas manchadas de sangue. Seu rosto parecia cheio de paz, calma e solene, como se ele tivesse adormecido suavemente e estivesse apenas aguardando o grande chamado para despertar. Não havia um único sinal de violência visível nele, exceto que um lado de sua testa apresentava uma marca roxa profunda, onde ele fora atingido pela primeira vez pelo golpe do remo que o fez perder os sentidos.

— Vê isso, meu Senhor? — disse o conde Bernard, sendo o primeiro a quebrar o silêncio, em voz baixa, profunda e severa.

Richard pouco ouvira nas últimas horas, exceto conselhos contra os flamengos e planos de amarga inimizade contra eles; e a visão de seu pai assassinado, com aquele olhar e tom do velho dinamarquês, incendiou seu espírito e, rompendo seu transe de admiração e tristeza silenciosas, ele exclamou: – Eu vejo isso, e o traidor flamengo pagará por isso! – Depois, encorajado pelos olhares aplaudidos dos nobres, prosseguiu, sentindo-se como um dos jovens campeões das canções da sra. Astrida. Seu rosto estava corado, seus olhos brilhavam, e ele levantou a cabeça, de modo que o cabelo caiu para trás; colocou a mão no punho da espada de seu pai e pronunciou palavras, talvez sugeridas por algum sábio: – Sim, Arnulfo de Flandres, saiba que o duque Guilherme da Normandia não ficará sem vingança! Por esta boa espada eu juro que, assim que meu braço tiver força...

O resto não foi dito, pois uma mão foi colocada em seu braço. Um padre, que até então estava ajoelhado perto da cabeça do cadáver, levantou-se e ficou de pé, alto e sombrio sobre ele e, olhando para cima, reconheceu o rosto pálido e grave de Martin, abade de Jumièges, melhor amigo de seu pai e conselheiro.

– Richard da Normandia, o que você está dizendo? – disse ele com seriedade. – Bem, abaixe a cabeça e não responda para não repetir essas palavras. Você veio aqui para perturbar a paz dos mortos com clamores por vingança? Você jura guerra e raiva contra aquela espada que nunca foi desembainhada, exceto pela causa dos pobres e angustiados? Você insultaria aquele que viveu para servir, e se dedicaria à vingança contra seu inimigo? Foi isso que você aprendeu com seu abençoado pai?

Richard não respondeu e cobriu o rosto com as mãos, para esconder as lágrimas que corriam em abundância.

— Senhor abade, senhor abade, isso passa! — exclamou Bernard, o dinamarquês. — Nosso jovem Senhor não é um monge, e não veremos nenhuma centelha de espírito nobre e cavalheiresco assim que ele crescer.

— Conde de Harcourt, — disse o abade Martin — são essas as palavras de um pagão selvagem, ou de alguém que foi batizado naquela fonte abençoada? Nunca, enquanto eu tiver poder, o senhor manchará a alma da criança com sua sede imunda de vingança, insultará a presença de seu mestre com o crime que ele tanto abominou, nem o templo Daquele que veio perdoar, com seu ódio. Bem sei, ó barões da Normandia, que cada gota de seu sangue seria dada de bom grado, caso pudessem trazer de volta nosso duque falecido ou proteger seu filho órfão; mas, se vocês amaram tanto o pai, cumpram sua ordem... deixem de lado esse maldito espírito de ódio e vingança; se vocês amam o filho, procurem não ferir sua alma mais profundamente do que já o fez seu mais amargo inimigo, o próprio Arnulfo.

Os barões ficaram em silêncio, quaisquer que fossem seus pensamentos, e o abade Martin voltou-se para Richard, cujas lágrimas ainda escorriam rapidamente pelos dedos, à medida que o pensamento daquelas últimas palavras de seu pai lhe voltava com mais clareza. O abade colocou a mão em sua cabeça e falou gentilmente com ele. — Essas são lágrimas de um coração abrandado, acredito — disse ele. — Realmente acredito que você mal sabia o que estava dizendo.

— Perdoe-me! — disse Richard, falando como podia.

— Olhe ali. — disse o sacerdote, apontando para a grande cruz sobre o altar — Você sabe o significado desse sinal sagrado?

Richard inclinou a cabeça em assentimento e reverência.

– Fala de perdão – continuou o abade. – E você sabe quem deu esse perdão? O Filho perdoou Seus assassinos; o Pai aqueles que mataram Seu Filho. E você clamará por vingança?

– Mas é injusto! – disse Richard, erguendo os olhos... aquele traidor cruel e assassino vai gloriar-se impune de seu crime, enquanto existir... – e novamente sua voz foi cortada pelas lágrimas.

– A vingança certamente alcançará o pecador – disse Martin – a vingança do Senhor, e em Seu próprio tempo, mas não deve ser uma busca sua. Não, Richard, você é de todos os homens o mais obrigado a demonstrar amor e misericórdia para com Arnulfo de Flandres. Sim, quando a mão do Senhor o tocar e o colocar em punição por seu crime, será você, a quem ele feriu profundamente, que deve estender a mão para ajudá-lo e recebê-lo com perdão e paz. Se você jurar alguma coisa na espada de seu abençoado pai, no santuário de seu Redentor, que seja um voto cristão.

Richard chorou amargamente e não conseguia dizer mais nada. Então, Bernard de Harcourt, pegando-o pela mão, conduziu-o para longe da Igreja.

CAPÍTULO III

 duque Guilherme da Espada Longa foi enterrado na manhã seguinte, com grande pompa e circunstância, com muitas orações e salmos cantados sobre seu túmulo.

Quando tudo isso terminou, o jovem Richard, que durante todo o tempo estivera de pé ou ajoelhado perto do corpo de seu pai, envolvido em um sonho pesado e monótono de admiração e tristeza, foi levado de volta ao palácio, e lá suas vestes pretas, longas e pesadas foram tiradas, e ele foi vestido com sua túnica curta escarlate, seu cabelo cuidadosamente arrumado, e então ele desceu novamente para o salão, onde havia uma grande assembleia de barões, alguns com armaduras, alguns com longas túnicas de pele, que estavam todos presentes no enterro de seu pai. Richard, como foi desejado por Sir Eric de Centeville, tirou o boné e curvou-se em resposta às reverências com que todos saudaram sua entrada, atravessou lentamente o corredor e desceu os degraus da porta, enquanto eles formaram uma procissão atrás dele, de acordo com sua ordem de importância. Primeiro, o duque da Bretanha, e depois todos os demais, até o cavaleiro mais pobre que fazia parte do feudo do duque da Normandia.

Assim prosseguiram, em ordem lenta e solene, até chegarem à igreja de Nossa Senhora. O clero já estava lá, organizado em fileiras de cada lado do Coro. Os bispos, em suas mitras e ricas vestes, cada um com seu cajado pastoral nas mãos, estavam em pé ao redor do altar. Quando o jovem duque entrou, ouviu-se de todas as vozes da capela-mor o cântico pleno, alto e claro do hino *Te Deum Laudamus*, ecoando entre as abóbadas escuras do telhado. Ao som daquela música, Richard caminhou até o coro, até uma cadeira grande, pesada, de pernas cruzadas e entalhadas, erguida em dois degraus, pouco antes dos degraus do altar começarem, e lá ele ficou em pé, parado; Bernard de Harcourt e Eric de Centeville, um de cada lado, e todos os seus outros vassalos na devida ordem, no coro.

Ao término do belo canto do hino, iniciou-se o culto da Sagrada Comunhão. Quando chegou a hora da oferenda, cada nobre deu ouro ou prata. Por último, Ranulfo de Ferrières aproximou-se do degrau do altar com uma almofada, sobre a qual foi colocado uma coroa de ouro, um coroa ducal; e outro barão, seguindo-o de perto, carregava uma espada longa e pesada, com cabo cruzado. O arcebispo de Rouen recebeu a coroa e a espada e colocou-as no altar. Então a cerimônia prosseguiu. Naquela época, o rito da Confirmação era administrado na infância, e Richard, que havia sido confirmado por seu padrinho, o arcebispo de Rouen, imediatamente após seu batismo, ajoelhou-se com solene temor para receber o outro Santíssimo Sacramento de suas mãos, assim que todo o clero estivesse de acordo.

Quando a cerimônia terminou, Richard foi conduzido até o degrau do altar pelo conde Bernard. Então, Sir Eric e o arcebispo, colocando suas mãos sobre as do menino, proferiram um juramento segundo o qual Richard, em nome de Deus, e do povo da Normandia, se comprometia a ser um bom e verdadeiro governante, proteger o povo de seus inimigos, mantendo a verdade, punindo a iniquidade e protegendo a Igreja.

– Prometo! – respondeu a voz jovem e trêmula de Richard: – Que Deus me ajude! – e ele se ajoelhou e beijou o livro dos Santos Evangelhos, que o arcebispo lhe ofereceu.

Foi um juramento muito importante, e ele sentiu medo só de pensar que o havia feito. Em seguida, ele se ajoelhou, colocou as duas mãos sobre o rosto e sussurrou: – Ó Deus, meu Pai, ajude-me a mantê-lo!

O arcebispo esperou até que ele se levantasse e, virando-o com o rosto para o povo, disse: – Richard, pela graça de Deus, eu lhe consagro com o manto ducal da Normandia!

Então, dois dos bispos penduraram nos ombros do menino um manto de veludo carmesim, forrado de arminho, que, feito para um homem adulto, pendia pesadamente sobre os ombros da pobre criança e ficava amontoado no chão. O arcebispo colocou a coroa dourada em seus cabelos longos e esvoaçantes, onde ela caía tão frouxa na cabecinha, que Sir Eric foi obrigado a colocar a mão nela para mantê-la no lugar; e, por último, a espada longa e reta de duas mãos foi trazida e colocada em sua mão, com outra ordem solene de usá-la sempre para manter o direito. Deveria ter sido cingida ao seu lado, mas a grande espada era bem mais alta que o pequeno duque que, ao ficar de pé ao lado dela, foi obrigado a levantar o braço para colocá-lo em volta do cabo.

Ele, então, teve de retornar ao seu trono, o que foi feito com certa dificuldade, pois estava por demais sobrecarregado. Porém, Osmond segurou a cauda de seu manto, Sir Eric manteve a coroa em sua cabeça, e ele próprio segurou firme e amorosamente a espada, embora o conde de Harcourt tenha se oferecido para carregá-la. Ele foi elevado ao seu trono, e então começaram as homenagens; Alan, duque da Bretanha, foi o primeiro a se ajoelhar diante dele e, com a mão entre as do duque, jurou ser seu homem, obedecê-lo e pagar-lhe o serviço feudal por seu ducado da Bretanha. Em troca, Richard jurou ser seu bom Senhor e protegê-lo de todos os seus inimigos. Depois seguiram Bernard, o dinamarquês, e muitos outros, cada um repetindo o mesmo texto, enquanto suas mãos grandes e ásperas se entrelaçavam com aqueles dedinhos macios. Muitos olhares bondosos e amorosos estavam voltados com compaixão para a criança órfã; muitas vozes fortes vacilaram com seriedade ao pronunciar o voto, e muitos corações corajosos e fortes se encheram de tristeza pelo pai assassinado, e lágrimas escorreram pelos rostos desgastados pela guerra que enfrentaram as mais violentas tempestades do oceano do norte, enquanto eles curvaram-se diante do jovem órfão de pai, a quem amavam por causa de seu avô conquistador e de seu pai corajoso e piedoso. Poucos normandos estavam lá cujos corações não brilhavam ao toque daquelas pequenas mãos, com um amor quase de pai, por seu jovem duque.

A cerimônia de recebimento da homenagem durou muito, e Richard, embora inicialmente interessado e emocionado, foi ficando muito cansado; a coroa e o manto eram tão pesados, os rostos se sucediam como figuras de um sonho sem fim, e a repetição constante das mesmas palavras era muito tediosa. Ele ficou com sono, ansioso para sair dali, inclinar-se para a direita ou para a esquerda, ou falar algo além daquela forma regular. Ele deu um grande bocejo, mas isso fez com que Bernard franzisse a testa de forma tão severa que ele despertou por alguns minutos e sentou-se ereto para receber o próximo vassalo com tanta atenção quanto ele havia mostrado ao primeiro, mas olhou suplicante para Sir Eric, como se perguntasse quando tudo aquilo acabaria. Por fim, bem lá no fundo, apareceu um dos barões por quem Richard sentiu grande simpatia. Era um menino apenas alguns anos mais velho que ele, talvez uns dez, com um lindo rosto moreno, cabelos pretos e olhos negros e alegres que demonstravam empatia e respeito para com o rosto atento do pequeno duque. Richard ouviu ansiosamente seu nome e sentiu-se revigorado ao ouvir a voz infantil que pronunciava: – Eu, Alberic de Montemar, sou seu servo e vassalo do meu castelo e baronato de Montemar sur Epte.

Quando Alberic se afastou, Richard seguiu-o com os olhos até que ele se sentasse em seu lugar na Catedral, e foi pego de surpresa ao encontrar o próximo barão ajoelhado diante dele.

A cerimônia de homenagem finalmente chegou ao fim, e Richard teria de bom grado corrido até o palácio para se livrar do cansaço, mas foi obrigado a liderar novamente a procissão; e mesmo quando chegou ao salão do castelo, seu trabalho ainda não havia terminado, pois havia um grande banquete oficial, e ele teve de sentar-se na cadeira alta, onde se lembrava de ter subido no colo de seu pai no último dia de Natal, o tempo todo que os barões festejaram e ficaram conversando seriamente. O maior conforto de Richard durante todo esse tempo foi observar Osmond de Centeville e Alberic de Montemar, que, com os outros jovens que ainda não eram cavaleiros, serviam os que estavam sentados à mesa. Por fim, ele ficou tão cansado que adormeceu profundamente no canto da cadeira e só acordou quando foi surpreendido pela voz áspera de Bernard de Harcourt, chamando-o para acordar e se despedir do duque da Bretanha.

– Pobre criança! – disse o duque Alan, enquanto Richard se levantava, assustado – Ele está cansado demais com o trabalho deste dia. Cuide dele, conde Bernard; você é um bom enfermeiro, mas muito rude para uma criança desse tamanho. Ah, meu jovem Senhor, ainda pode ser chamado de bebê por causa de seus mantos coloridos! Imploro pelo seu perdão, pois você tem uma alma bondosa. Ouça bem, lorde Richard da Normandia, tenho poucos motivos para amar sua família, e acho que o rei Carlos, o Simples, não tinha quase nenhum direito de nos chamar de vassalos bretões livres, pois somos uma família de piratas saqueadores do Norte. Meu país nunca prestou homenagens ao poder do duque Rollo, muito menos eu, para a longa espada do duque Guilherme, mas sempre prestei homenagem à generosidade e à tolerância dele, e agora estou aqui para prestar homenagem à sua fragilidade e à nobre memória de seu pai. Não duvido que aquele francês desleal, Luís, a quem ele restaurou ao trono, se esforce para lucrar com sua juventude e desamparo, e, se isso acontecer, lembre-se de que você não tem amigo mais seguro do que Alan da Bretanha. Adeus, meu jovem duque.

– Adeus, senhor – respondeu Richard, voluntariamente dando a mão para ser apertada por seu bondoso vassalo, e observando-o enquanto Sir Eric o observava do salão.

– Lindas palavras, mas não confio no bretão – murmurou Bernard – o ódio está profundamente enraizado neles.

– Ele deveria saber muito bem como é o rei francês – disse Ranulfo de Ferrières; – foram criados juntos na época em que ambos eram exilados na corte do rei Etelstano da Inglaterra.

– Sim, e se não fosse a ajuda do duque Guilherme, Luís e Alan ainda estariam exiliados. Agora veremos de quem vem a maior gratidão, dos franceses ou dos bretões. Tenho a impressão de que será melhor confiar na coragem dos normandos.

– Muito bem, e como a coragem dos normandos prosperará sem tesouros? Quem sabe quanto ouro há nos cofres do duque?

Nesse momento, houve uma conversa em voz baixa, e a próxima coisa que Richard ouviu claramente foi que um dos nobres segurava uma corrente de prata e uma chave, dizendo que foram encontrados no pescoço do duque e que ele os guardou, pensando que sem dúvida levavam a algo importante.

– Oh sim! – disse Richard, ansiosamente: – Eu sei disso. Ele me disse que era a chave do seu maior tesouro.

Os normandos ouviram isso com grande interesse e decidiram que as pessoas de maior confiança, entre as quais estavam o arcebispo de Rouen, o abade Martin de Jumièges e o conde de Harcourt, deveriam ir imediatamente em busca desse precioso tesouro. O jovem Richard os acompanhou pela escada estreita e áspera de pedra até o grande cômodo escuro que havia sido o quarto de seu pai. Embora fosse um quarto de príncipe, tinha poucos móveis; uma cama baixa sem cortinas, uma cruz numa saliência perto da cabeceira, uma mesa rústica, algumas cadeiras e dois baús grandes, era tudo o que havia. Harcourt tentou abrir a tampa de um dos baús: ela se abriu e estava cheia de roupas; ele foi para o outro, que era menor, muito mais esculpido e ornamentado com belos trabalhos em ferro. Estava trancado, ele encaixou a chave, girou-a e o baú foi aberto. Os normandos empurraram uns aos outros ansiosamente para ver o maior tesouro do seu duque.

Era um manto de sarja e um par de sandálias, como as usadas na Abadia de Jumièges.

– Ora! Isso é tudo? O que você havia dito, meu pequeno duque? – gritou Bernardo, o dinamarquês, impetuosamente.

– Ele havia me dito que era seu maior tesouro! – repetiu Richard.

– E realmente era! – disse o abade Martin.

Então o bom abade contou-lhes a história, parte da qual já era conhecida por alguns deles. Cerca de cinco ou seis anos antes, o duque Guilherme estava caçando na floresta de Jumièges, quando de repente se deparou com as ruínas da Abadia, que havia sido devastada trinta ou quarenta anos antes, pelo rei do mar, Hasting. Dois velhos monges, da irmandade original, ainda sobreviveram e saíram para cumprimentar o duque e oferecer-lhe a sua hospitalidade.

– Sim! – disse Bernard – Bem, lembro-me do pão deles; perguntamos se era feito de casca de abeto, como o dos nossos irmãos da Noruega.

Guilherme que, naquela época, era um jovem impulsivo e imprudente, recusou com desprezo essa refeição simples e, jogando algum ouro aos velhos, saiu galopando para desfrutar de sua caça. Enquanto estava caçando sozinho ele encontrou um javali que o derrubou, pisoteou e o deixou estirado no chão, gravemente ferido. Assim que seus companheiros chegaram, eles o levaram para um local de abrigo mais próximo, para as ruínas de Jumièges, onde os dois velhos monges o receberam de bom grado em sua humilde casa. Assim que recuperou o juízo, pediu-lhes sincero perdão pelo seu orgulho e pelo desprezo que demonstrara pela pobreza e pelo sofrimento paciente, aos quais ele deveria ter reverenciado.

Guilherme sempre fora um homem que escolhia o bem e recusava o mal, mas esse acidente e a longa doença que se seguiu tornaram-no muito mais pensativo e sério do que nunca; ele fez da preparação para a morte e a eternidade seu primeiro objetivo e menosprezou seus assuntos mundanos, suas guerras e sua posição de duque. Ele reconstruiu a antiga Abadia, decorou-a ricamente e enviou o próprio Martin da França para se tornar abade; nada mais lhe agradava do que rezar ali, conversar com o abade e ouvi-lo ler livros sagrados. Ele sentia que seus assuntos seculares, o estado e o esplendor de sua posição, eram uma tentação tão grande, que um dia foi até o abade e pediu permissão para deixá-los de lado e se tornar um irmão da ordem. Mas Martin se recusou a receber seus votos. Ele lhe dissera que não tinha o direito de negligenciar ou abandonar os deveres da posição que Deus lhe designara; que seria um pecado deixar o posto que lhe foi dado para defender; e que o caminho traçado para ele servir a Deus era fazer justiça entre seu povo e usar seu poder para defender o direito de todos. Só depois de ter feito o trabalho que lhe fora atribuído e de seu filho ter idade suficiente para assumir seu lugar como governante dos normandos, é que ele poderia interromper seus deveres ativos, abandonar a turbulência do mundo e procurar o repouso do claustro. Foi nessa esperança, de uma aposentadoria pacífica, que Guilherme teve o prazer de transformar em tesouro as humildes vestes que esperava um dia usar em paz e santidade.

– Ora, meu nobre duque! – exclamou o abade Martin, caindo em prantos, ao terminar sua narração: – O Senhor Deus foi muito misericordioso! Ele o levou para casa para descansar, muito antes de que o senhor esperava.

Lentamente e com sentimentos controlados, os barões normandos deixaram a câmara; Richard, de quem pareciam quase ter esquecido, foi até as escadas, para encontrar o caminho para o quarto onde dormira na noite anterior. Ele não havia dado muitos passos antes de ouvir a voz de Osmond dizendo: – Aqui, meu Senhor. – ele olhou para cima, viu um gorro branco em uma porta um pouco acima dele, saltou e voou para os braços estendidos da sra. Astrida.

Como ele ficou feliz por sentar-se no colo dela e deitar a cabeça cansada em seu peito, enquanto, com voz cansada, exclamava: – Oh, sra. Astrida! Estou muito, muito cansado de ser duque da Normandia!!

CAPÍTULO IV

Ricardo da Normandia estava muito ansioso para saber mais sobre o menino que vira entre seus vassalos.

– Ah!, sim, o jovem barão de Montemar – disse Sir Eric. – Eu conhecia bem o pai dele, e ele era um homem corajoso, embora não tivesse o sangue do norte. Ele era o diretor das fronteiras do Epte e foi morto pelo lado de seu pai na invasão do visconde de Cotentin,[8] na época em que você nasceu, lorde Richard.

– Mas onde ele vive? Será que o verei novamente?

– Montemar fica na margem do Epte, no domínio que os franceses nos reivindicam injustamente. Ele mora lá com a mãe e, se ainda não voltou, você o verá em breve. Osmond, vá procurar o alojamento do jovem Montemar e diga-lhe que o duque o receberá.

Richard nunca tivera um companheiro de brincadeiras da sua idade, e sua vontade de ver Alberic de Montemar era grande.

---

8 Um ataque, no qual Riouf, visconde de Cotentin, colocou a Normandia em grande perigo. Foi derrotado às margens do Sena, em um campo ainda chamado de "Pre de Battaille", no mesmo dia do nascimento de Richard, para que o *Te Deum* fosse cantado imediatamente pela vitória e pelo nascimento do herdeiro da Normandia.

Ele observou pela janela e finalmente viu Osmond entrando na corte com um menino de 10 anos ao seu lado, e um velho escudeiro de cabelos grisalhos, com uma corrente de ouro que o identificava como senescal ou regente do castelo, andando atrás.

Richard correu até a porta para recebê-los, estendendo a mão ansiosamente. Alberic descobriu o cabelo escuro e brilhante, curvou-se graciosamente, mas ficou parado como se não soubesse exatamente o que fazer a seguir. Richard ficou tímido no mesmo momento, e os dois garotos ficaram olhando um para o outro sem jeito. Era fácil perceber que eram de raças diferentes, pois o jovem duque tinha olhos azuis, cabelos louros e o rosto claro, diferente dos olhos negros brilhantes e das bochechas morenas do seu vassalo francês, que, embora dois anos mais velho, estava pouco acima dele em altura. Sua figura esbelta, bem proporcionada, ativa e ágil como era, não dava a mesma promessa de força que os membros redondos e a estrutura de ossos grandes de Richard, que mesmo agora parecia competir com a estatura gigantesca de seu avô, Earl Rollo, o líder.

Durante alguns minutos, o pequeno duque e o jovem barão ficaram olhando um para o outro sem dizer uma palavra, e o velho Sir Eric não ajudou em nada dizendo: – Bem, lorde duque, aqui está ele. Você não tem uma saudação melhor para oferecer?

– As crianças estão envergonhadas – disse a sra. Astrida, vendo como ambas ficaram coradas. – A senhora sua mãe está bem de saúde, meu jovem senhor?

Alberic ficou mais corado ainda, curvou-se perante a velha senhora do norte e deu uma resposta rápida e baixa em francês: – Não sei falar a língua normanda.

Richard, feliz por dizer alguma coisa, traduziu a fala da sra. Astrida, e Alberic prontamente respondeu de forma cortês que sua mãe estava bem, e agradeceu à dama de Centeville, um título francês que soou novo aos ouvidos da sra. Astrida. Então veio o constrangimento novamente, e a sra. Astrida finalmente disse: – Tire-o daqui, lorde Richard, leve-o para ver os cavalos nos estábulos, ou os cães de caça, ou algo assim.

Richard não se queixou em obedecer, então eles foram para o pátio da torre de Rollo e, ao ar livre, a timidez desapareceu. Richard mostrou seu pônei, e Alberic perguntou se ele conseguia pular na sela sem colocar o pé no estribo. Não, Richard não conseguia; na verdade, mesmo Osmond nunca tinha visto isso acontecer, pois os feitos da cavalaria francesa ainda não haviam se espalhado pela Normandia.

– Você consegue? – perguntou Richard – Poderia nos mostrar?

– Sei que posso com meu pônei, – disse Alberic – porque Bertrand não me deixa montar de outra forma; mas tentarei com o seu, se assim o desejar, meu Senhor.

Então trouxeram o pônei, e Alberic colocou uma das mãos em sua crina e saltou sobre as costas do animal em um minuto. Tanto Osmond quanto Richard explodiram em admiração. – Ora, isso não é nada! – disse Alberic. – Bertrand diz que não é nada. Antes de envelhecer e ficar com o corpo enrijecido, ele conseguia saltar para a sela dessa maneira, totalmente armado. Eu deveria fazer isso muito melhor.

Richard implorou que lhe mostrassem como realizar a façanha, e Alberic repetiu; então Richard quis tentar, mas a paciência do pônei não aguentava mais, e Alberic disse que tinha aprendido num bloco de madeira e praticado em um grande cão de caça. Eles andaram mais um pouco pelo pátio e depois subiram as escadas de pedra em espiral até as ameias no topo da torre, de onde contemplaram os topos das casas de Rouen logo abaixo, e o rio Sena, alargando-se e brilhando um lado em seu curso em direção ao mar e, do outro, estreitando-se em uma fita azul, serpenteando pela extensão verde da fértil Normandia. Eles jogaram pedras e pedaços de argamassa no chão, para que pudessem ouvi-los cair, e experimentaram qual deles ficasse mais próximo da borda da ameia sem ficar tonto. Richard ficou satisfeito ao descobrir que poderia ir até mais perto e começou a contar algumas das histórias da sra. Astrida sobre os precipícios da Noruega, entre as quais, quando ela era jovem, ela costumava escalar e cuidar do gado durante os longos dias de verão. Quando os dois rapazes desceram novamente até o salão para almoçar, sentiram como se já se conhecessem desde sempre. O almoço foi servido em grande estilo, e Richard teve, como antes, de se sentar na grande cadeira semelhante a um trono, com o velho conde de Harcourt de um lado, mas, para seu conforto, a sra. Astrida estava do outro.

Depois do banquete, Alberic de Montemar levantou-se para despedir-se, pois naquela tarde iria iniciar o caminho de volta para casa. O conde Bernard, que durante todo o tempo observou atentamente por baixo das sobrancelhas desgrenhadas, nesse momento virou-se para Richard, a quem ele quase nunca se dirigia, e disse-lhe: – Meu Senhor, não deveria dizer algo a ele? Pedir para que fique aqui como um amigo?

– Para ficar comigo? – exclamou Richard bem animado. – Oh, obrigado, Sir Count; será que ele pode ficar?

– Você é o Senhor aqui.

– Espere, Alberic! – disse Richard, saltando de sua cadeira de duque e correndo até ele – você não quer ficar aqui comigo e ser meu irmão e amigo?

Alberic olhou para baixo, hesitante.

– Vamos lá, diga que aceita! Darei a você cavalos, falcões e cães de caça, e serei seu amigo do coração... quase tanto quanto Osmond. Fique aqui, Alberic.

– Devo obedecê-lo, meu Senhor – respondeu Alberic – mas...

– Vamos lá, jovem francês, responda – disse Bernard – sem desculpas! Fale honestamente e agora, como um normando, se puder.

Esse discurso áspero pareceu restaurar o autocontrole do pequeno barão, e ele olhou brilhante e ousado para o rosto áspero do velho dinamarquês, enquanto dizia: – Prefiro não ficar aqui.

– Mas o que é isso? Não quer prestar serviço ao seu Senhor?

– Eu o serviria de todo o coração, mas não quero ficar aqui. Gosto mais do Castelo de Montemar, e a minha mãe só tem a mim.

– Corajoso e verdadeiro, senhor francês – disse o velho conde, colocando a grande mão na cabeça de Alberic e parecendo mais satisfeito do que Richard pensava ao observar suas feições sombrias. Depois, voltando-se para Bertrand, senescal de Alberic, disse: – Leve as saudações do conde de Harcourt à nobre dama de Montemar e diga-lhe que seu filho tem um espírito livre e ousado, e se ela deseja que ele seja criado com meu Senhor duque, como seu amigo e irmão de armas, será bem recebido.

– Então, Alberic, talvez você possa voltar? – disse Richard.

– Isso vai depender da minha mãe – respondeu Alberic sem rodeios, e com todas as devidas saudações e cumprimentos ele e seu senescal partiram.

Quatro ou cinco vezes por dia Richard perguntava a Osmond e a sra. Astrida se eles achavam que Alberic voltaria, e foi uma grande satisfação para ele descobrir que todos concordavam que seria uma grande tolice da parte da dama de Montemar recusar tão boa oferta. Apenas a sra. Astrida não conseguia acreditar que ela se separaria do filho. Como o barão de Montemar não apareceu, o jovem duque começou a perder suas esperanças, quando uma noite, ao regressar de um passeio com Sir Eric e Osmond, viu quatro cavaleiros vindo em sua direção, e um menino na frente. – É Alberic, com certeza! – ele exclamou, e era mesmo. Enquanto o senescal entregava a mensagem de sua senhora a Sir Eric, Richard apareceu e cumprimentou o convidado bem-vindo.

– Oh, estou muito feliz que sua mãe permitiu que você viesse!

– Ela disse que não estava preparada para criar um jovem guerreiro das marchas – disse Alberic.

– Você está arrependido por ter vindo?

– Acho que não vou pensar nisso tão logo; e Bertrand deverá vir me buscar para levar-me para casa e visitá-la a cada três meses, se o senhor permitir que eu vá.

Richard estava extremamente feliz e sempre pensava em algo que pudesse fazer para que Rouen se tornasse um lugar agradável para Alberic, que depois de um ou dois primeiros dias animados, foi sentindo menos falta da mãe, conseguia conversar algo entre francês e normando com Sir Eric e a sra. Astrida, e tornou-se um companheiro e amigo muito animado. Em certo aspecto, Alberic era um melhor companheiro de brincadeira para o duque do que Osmond de Centeville, pois Osmond, brincando como um homem adulto, não para a própria diversão, mas para a criança, deixara todas as vantagens do jogo para Richard, que estava crescendo e não era nem um pouco inclinado a ser o dominador da situação. Alberic não gostava disso, porque, como ele mesmo dizia: – você sempre é senhor e eu o vassalo, e você nem liga para o jogo – e jogava com tão pouca animação que Richard ficou irritado.

– Não consigo evitar – disse Alberic. – Se você aproveitar todas as melhores chances para si mesmo, não será um esporte para mim. Farei o que você mandar, já que você é o duque, mas não consigo gostar disso.

– Não se preocupe com o fato de eu ser o duque, jogue como costumávamos fazer.

– Então vamos brincar como fiz com os filhos de Bertrand em Montemar. Eu era o barão deles, assim como você é meu duque, mas minha mãe disse que não haveria jogo a menos que nos esquecêssemos de tudo isso.

– Faremos isso. Venha, vamos começar de novo, Alberic, e você será o primeiro.

No entanto, Alberic era muito cortês e respeitoso com o duque quando eles não estavam brincando, como exigia a diferença de posição; na verdade, ele aprendeu muito mais sobre graça e cortesia de comportamento com sua mãe, uma senhora provençal, do que poderia ter aprendido entre os normandos. O capelão de Montemar tinha começado a ensiná-lo a ler e a escrever, e ele gostava muito mais de aprender do que Richard, que não teria continuado com as lições do padre Lucas, se o abade Martin de Jumièges não lhe tivesse lembrado que esse era o desejo especial de seu pai.

Porém, o que Richard menos gostava era ser obrigado a participar do Conselho. Na realidade, o conde de Harcourt governava o ducado, mas nada poderia ser feito sem o consentimento do duque, e uma vez por semana, pelo menos, acontecia no grande salão da torre de Rollo o que era chamado de Parlamento, ou "uma conversação", no qual o conde Bernard, o arcebispo, o barão de Centeville, o abade de Jumièges e outros bispos, nobres ou abades, que estavam presentes em Rouen, se consultavam sobre os assuntos da Normandia; e ali o jovem duque era sempre obrigado a estar presente, sentado em seu trono ducal, e escutando, porém não ouvindo, perguntas sobre a reparação e guarda dos castelos, os pedidos de empréstimos aos vassalos, os apelos dos barões do Tesouro, que eram então nobres enviados através do ducado para administrar a Justiça, e as discussões sobre os procedimentos de seus vizinhos, o rei Luís da França, o conde Foulques de Anjou e o conde Herluin de Montreuil, e até que ponto seria possível confiar na amizade de Hugo de Paris e Alan da Bretanha.

Richard começou a ficar muito cansado de tudo isso, especialmente quando descobriu que os normandos haviam decidido não declarar guerra contra o perverso conde de Flandres. Ele suspirou de cansaço, bocejou repetidas vezes e mexeu-se inquieto na cadeira; mas sempre que o conde Bernard o via fazendo isso, o olhava de modo tão severo que o menino passou a temer o olhar do feroz e velho dinamarquês. Bernard nunca o elogiava nem participava de nenhuma de suas atividades; ele apenas o tratava com o sério e distante respeito que lhe era devido como príncipe, ou então, de vez em quando, lhe dirigia algumas palavras severas de reprovação por sua inquietação, ou por alguma outra loucura infantil.

Richard se ressentia em segredo, do modo como era usado para ser mimado e ridicularizado por toda a casa de Centeville. Ele não gostava e temia o velho conde, e mais de uma vez disse a Alberic de Montemar que, assim que completasse 14 anos, quando seria declarado maior de idade, enviaria o conde Bernard para cuidar do próprio castelo em Harcourt, em vez de deixá-lo sentar-se sombrio e sério no salão do castelo à noite, estragando toda a diversão deles.

O inverno havia chegado, e Osmond costumava levar diariamente o jovem duque e Alberic até a camada de gelo mais próxima, pois os normandos ainda se orgulhavam de patinarem muito bem, embora já tivessem há muito deixado os riachos e lagos gelados da Noruega.

Um dia, ao regressarem do passeio na neve, foram surpreendidos, ainda antes de entrarem no pátio do Castelo, ao ouvirem o pisoteio de patas de cavalos e o som de vozes.

– O que será que está acontecendo? – disse Osmond – Provavelmente deve haver alguns vassalos chegando. O duque da Bretanha, talvez.

– Oh – disse Richard em tom de lamentação – já tivemos um Conselho esta semana. Espero que não tenhamos outro!

– Deve ser algo extraordinário – prosseguiu Osmond – É uma pena que o conde de Harcourt não esteja em Rouen neste momento.

Richard não achava que isso seria um problema e, nesse momento, Alberic, que já havia saído na frente um pouco antes, voltou exclamando: – Eles são franceses. Falam a língua francesa, não a normanda.

– Então, por favor, meu Senhor, – disse Osmond, parando abruptamente – não vamos entrar precipitadamente no meio deles. Eu gostaria de saber o que é melhor fazer.

Osmond esfregou a testa e ficou pensando, enquanto os dois garotos olhavam para ele, ansiosos. Em poucos segundos, antes que ele chegasse a qualquer conclusão, saiu do portão um escudeiro normando, acompanhado por dois estranhos.

– Meu Senhor duque, – disse ele a Richard, em francês – Sir Eric me enviou para lhe trazer a notícia de que o rei da França chegou para receber sua homenagem.

– O Rei! – exclamou Osmond.

– Sim! – prosseguiu o normando, em sua língua – o rei Luís, e parece que vem determinado a causar problemas. Eu gostaria que isso fosse algo bom para o meu Senhor que está aqui. Pode notar que estou acompanhado. Acredito de todo o coração que o rei Luís pretendia evitar que o senhor recebesse um aviso e tirasse o menino das garras dele.

– Ora! O que está acontecendo? – disse Richard, ansioso – Por que o rei veio? O que devo fazer?

– Vá em frente, agora, já que não temos como evitar – disse Osmond.

– Cumprimente o rei como lhe cabe fazer, dobre os joelhos e preste-lhe homenagem.

Richard ficou repetindo para si mesmo a forma de homenagem para que pudesse ser perfeito em sua execução e entrou na corte. Alberic, Osmond e os outros recuaram quando ele entrou. A corte estava lotada de cavalos e homens, e Osmond só consegui espaço suficiente para que eles pudessem passar gritando em voz alta: – O duque! O duque! – Em poucos momentos, Richard subiu os degraus e estava no grande salão.

Na cadeira de gala, na extremidade superior da sala, estava sentado um homem baixo e magro, de cerca de 28 ou 29 anos, pálido e de pele clara, com um rico vestido azul e dourado. Sir Eric e várias outras pessoas estavam respeitosamente ao seu redor, e ele conversava com o arcebispo, que, assim como Sir Eric, lançou vários olhares ansiosos ao jovem duque enquanto ele avançava pelo salão. Então, ele se aproximou do rei, colocou o joelho no chão e estava começando a dizer "Luís, rei da França, eu..." quando de repente se viu levantado do chão nos braços do rei e beijado em ambas as bochechas. Colocando-o sobre os joelhos, o rei exclamou: – E este é o filho do meu corajoso e nobre amigo, o duque Guilherme? Ah! Eu deveria saber disso pela sua semelhança. Deixe-me abraçá-lo novamente, querido filho, em nome da amizade que tenho pelo seu pai.

Richard ficou bastante impressionado, achou o rei muito gentil, especialmente quando Luís começou a admirar sua altura, o porte de espírito livre, e começou a lamentar que seus filhos, Lotário e Carlomano, fossem muito menores e mais atrasados. O rei acariciou o rosto de Richard repetidas vezes, elogiou cada palavra que ele disse... nem mencionou a sra. Astrida. Richard começou a dizer para si mesmo como era estranho e cruel que Bernard de Harcourt gostasse de criticá-lo, quando, por outro lado, ele ganhava todos esses elogios do próprio rei.

CAPÍTULO V

O duque Richard da Normandia dormia no quarto que pertencera a seu pai; Alberic de Montemar, como seu pajem, dormia a seus pés, e Osmond de Centeville tinha uma cama no chão, do outro lado da porta, onde se deitava com a espada à mão, como guarda e protetor de seu jovem senhor.

Todos dormiam há algum tempo, quando Osmond se assustou com um leve movimento da porta, que não podia ser aberta sem acordá-lo. Em um instante ele agarrou a espada, enquanto pressionava o ombro contra a porta para mantê-la fechada; mas foi a voz de seu pai que lhe respondeu com algumas palavras sussurradas na língua nórdica: – Sou eu, pode abrir. – Ele abriu a porta instantaneamente, e o velho Sir Eric entrou, andando cautelosamente com os pés descalços, e sentou-se na cama, fazendo-lhe sinal para que ele fizesse o mesmo, para que pudessem falar mais baixo. – Muito bem, Osmond – disse ele – É bom estar alerta, pois há bastante perigo ao seu redor... O francês significa problema! Sei com certeza que Arnulfo de Flandres estava em conselho com ele pouco antes de chegar aqui, com sua língua falsa, astuciosamente e persuadindo a pobre criança!

– Traidor ingrato! – murmurou Osmond – O senhor sabe o que ele veio fazer aqui?

– Sim, certamente, para levar o menino com ele, e assim ter certeza que eliminará toda a família Rollo! Eu sei que seu objetivo é afastar o duque, como um pupilo da Coroa, na verdade. Você não o ouviu atraindo a criança com suas promessas de amizade com os príncipes? Não consegui entender todas as suas palavras em francês, mas entendi com bastante clareza qual era seu propósito.

– O senhor não permitirá, não é mesmo?

– Só se for por cima de nossos cadáveres; mas, se formos apanhados de surpresa, a nossa resistência de pouco valerá. O castelo está cheio de franceses, o salão e a corte estão repletos deles. Mesmo que conseguíssemos reunir os nossos normandos, não seríamos mais do que uma dúzia de homens, e o que nos restaria senão morrer? Para isso estamos prontos, se não houver outra forma, daremos nossas vidas para não permitir que o nosso menino seja levado para longe sem uma garantia pela sua segurança e sem o conhecimento dos Estados.

– O rei não poderia ter vindo em pior hora – disse Osmond.

– Não mesmo, bem quando Bernard, o dinamarquês, está ausente. Se ele soubesse o que está acontecendo, poderia reunir os soldados e vir nos socorrer.

– Não poderíamos enviar alguém para levar a notícia esta noite?

– Não sei – disse Sir Eric, pensativo. – Os franceses assumiram a guarda dos portões; na verdade, eles são tantos dentro do castelo que mal consigo falar com um de nossos homens, não consigo encontrar alguém que me ajude a proteger o menino amanhã.

– Sir Eric... – ouviu-se um pezinho descalço no chão e Alberic de Montemar estava diante dele. – Eu não queria, mas não pude deixar de ouvi-lo. Ainda não posso lutar pelo duque, mas posso levar uma mensagem.

– Vamos pensar em como você poderia fazer isso? – disse Osmond, ansiosamente. – Assim que estiver fora do castelo e em Rouen, ele poderia facilmente encontrar meios de enviar uma mensagem ao conde. Ele poderia ir ao convento de St. Ouen ou, o que seria melhor, ao confiável armeiro Thibault, que logo encontraria homens e cavalos para enviar a mensagem ao conde.

– Bem, deixe-me pensar. – disse Sir Eric – Pode ser. Mas como ele vai sair?

– Eu tenho um jeito – disse Alberic. – Desci aquele enorme pilar perto da muralha leste na semana passada, quando nossa bola ficou presa em um galho da árvore e a ponte levadiça estava fechada.

– Se Bernard soubesse, pelo menos eu ficaria mais tranquilo! – disse Sir Eric – Bem, meu jovem francês, acho que você pode prestar um bom serviço.

– Osmond – sussurrou Alberic, enquanto começava a se vestir apressadamente – só peça uma coisa a Sir Eric: que nunca mais me chame de jovem francês!

Sir Eric sorriu dizendo: – Prove seu valor, meu jovem normando.

– Muito bem – acrescentou Osmond – seria possível tirar o próprio duque do castelo amanhã de manhã. Se eu pudesse levá-lo pelo portão dos fundos, ele estaria seguro assim que fosse levado até a cidade. Seria apenas para despistá-los, ou então ele poderia refugiar-se na igreja de Nossa Senhora até que o conde chegasse. O rei Luís não encontraria sua presa ao acordar e procurá-lo.

– Pode ser... – respondeu Sir Eric – mas duvido que você terá sucesso. Os franceses estão ansiosos demais para pegá-lo e não irão permitir que ele escape de suas mãos. Você encontrará todos os portões vigiados.

– Sim, mas nem todos os franceses viram o duque, e a visão de um escudeiro e de um pequeno pajem dificilmente despertará suas suspeitas.

– Sim, se o duque se comportar como um pequeno pajem; mas isso será fácil. Além disso, ele está tão impressionado com as lisonjas desse rei que duvido que consentiria em deixá-lo para ficar com o conde Bernard. Pobre criança, em breve ele aprenderá a conhecer seus verdadeiros amigos.

– Estou pronto – disse Alberic, aproximando-se.

O barão de Centeville repetiu suas instruções e depois encarregou-se de vigiar a porta, enquanto o filho via Alberic partir para sua expedição. Osmond desceu com ele as escadas suavemente, depois, evitando o corredor, que estava cheio de franceses, eles se esgueiraram silenciosamente até uma janela estreita, guardada por barras de ferro, colocadas em intervalos tão curtos que apenas uma forma tão pequena e esbelta como a de Alberic poderia se espremer entre elas. A distância até o chão não era muito maior que o dobro de sua altura, e a parede estava tão coberta de hera, que não era uma façanha muito perigosa para um garoto ativo, de modo que Alberic logo estava seguro no chão, olhando para cima. Agitando seu gorro, ele correu ao longo da lateral do fosso e logo se perdeu da vista de Osmond na escuridão.

Osmond retornou aos aposentos do duque e assumiu a guarda no lugar de seu pai, enquanto Richard dormia profundamente, sem adivinhar as conspirações de seus inimigos ou os esquemas de seus fiéis súditos para sua proteção.

Osmond achou isso ainda melhor, pois tinha pouca confiança na paciência e no autocontrole de Richard, e achava que havia muito mais chances de tirá-lo do castelo despercebido, se ele não soubesse o quanto dependia disso e quão perigosa era sua situação.

Quando Richard acordou, ficou muito surpreso e sentiu a falta de Alberic, mas Osmond disse que ele tinha ido à cidade para encontrar Thibault, o armeiro, e entregar uma mensagem, e Richard não suspeitou de nada. Durante todo o tempo em que se vestia falava do rei e de tudo o que pretendia mostrar-lhe naquele dia; quando estava pronto, a primeira coisa foi, como sempre, ir assistir à missa da manhã.

– Hoje faremos outro caminho, meu Senhor – disse Osmond, quando Richard estava prestes a entrar no grande salão. – Está lotado de franceses que dormiram lá a noite toda; vamos pelo portão dos fundos.

Osmond virou-se, enquanto falava, ao longo do corredor, andando rápido, e não lamentando que Richard estivesse se demorando um pouco, pois era mais seguro para ele ser o primeiro. O portão dos fundos estava, como ele esperava, guardado por duas figuras altas de soldados armados, que imediatamente ergueram suas lanças na entrada dizendo: – Ninguém passa sem ordem.

– Vocês certamente deixarão que nós, do castelo, cuidemos de nossos assuntos diários – disse Osmond – Vocês dificilmente tomarão seu café da manhã se interromper toda a comunicação com a cidade.

– Vocês precisam trazer uma autorização – repetiu um dos soldados. Osmond estava começando a dizer que era filho do senescal do castelo, quando Richard apareceu apressadamente. – O que está acontecendo? Esses homens querem nos impedir de continuar? – ele exclamou da maneira imperiosa que tinha começado a usar desde sua ascensão. – Deixem-nos passar, senhores.

Os soldados se entreolharam e vigiaram o portão com mais atenção. Osmond percebeu que não havia esperança e só queria trazer seu jovem pupilo de volta para dentro sem ser reconhecido, mas Richard exclamou em voz alta: – O que significa isso?

– O rei deu ordens para que ninguém passasse sem autorização – foi a resposta de Osmond – Nós temos de esperar.

– Eu vou passar! – disse Richard, impaciente com a oposição, à qual estava pouco acostumado. – O que você está dizendo, Osmond? Este é o meu castelo e ninguém tem o direito de me impedir. Vocês ouviram, guardas? Deixem-me passar. Eu sou o duque!

Os sentinelas curvaram-se, mas tudo o que disseram foi: – Nossas ordens são expressas.

– Eu lhes digo que sou o Duque da Normandia e irei onde quiser, em minha cidade! – exclamou Richard, pressionando apaixonadamente os bastões cruzados das armas, para forçar a passagem entre elas, mas foi pego e segurado firmemente pela poderosa luva de um dos soldados – Deixe-me passar, seu vilão! – gritou ele, lutando com todas as suas forças. – Osmond, Osmond, socorro!

Enquanto falava, Osmond o soltou das mãos do francês e, colocando a mão em seu braço, disse: – Não, meu Senhor, não cabe a você lutar com pessoas como essas.

– Eu vou lutar! – gritou o menino – Não terei meu caminho barrado em meu castelo. Direi ao rei como esses bandidos me usam. Eu os colocarei na masmorra. Sir Eric! Onde está Sir Eric?

Então saiu correndo para as escadas, Osmond correndo atrás dele, temendo que se lançasse em algum novo perigo, ou com seus gritos altos atraísse os franceses, que poderiam facilmente torná-lo prisioneiro. No entanto, logo no primeiro degrau da escada estava Sir Eric que, ansioso demais pelo sucesso da tentativa de fuga, não ousou ficar muito longe. Richard, zangado demais para prestar atenção aonde estava indo, correu contra ele sem vê-lo e, quando o velho barão o segurou, começou a dizer: – Sir Eric, Sir Eric, esses franceses são uns vilões! Eles não querem me deixar passar...

– Fale baixo, meu Senhor – disse Sir Eric. – Silêncio! Venha por aqui.

Por mais imperioso que fosse com os outros, Richard, por força do hábito, sempre obedecia a Sir Eric, e agora se deixava arrastar apressada e silenciosamente por ele, Osmond seguindo de perto, subindo as escadas, subindo um segundo e um terceiro lance sinuoso, ainda mais estreito, e com degraus quebrados, até uma pequena câmara redonda, de paredes grossas, com uma porta extremamente pequena e janelas com lacunas no alto da torre. Aqui, para sua grande surpresa, ele encontrou a sra. Astrida, ajoelhada com o terço na mão, duas ou três de suas donzelas e cerca de quatro escudeiros normandos e soldados.

– Então você falhou, Osmond? – disse o barão.

– Mas o que é tudo isso? Como a sra. Astrida veio parar aqui? Não posso ir falar com o rei e punir aqueles franceses insolentes?

– Ouça-me, lorde Richard – disse Sir Eric – aquele rei de fala mansa, cujas palavras tanto o encantaram na noite passada, é um enganador ingrato. Os franceses sempre odiaram e temeram os normandos e, não sendo capazes de nos conquistar de forma justa, agora recorrem a meios ilícitos. Luís veio de Flandres para cá e trouxe essa grande tropa de franceses para nos surpreender, reivindicá-lo como pupilo da coroa e levá-lo com ele para uma prisão.

– O senhor não vai deixar isso acontecer, não é? – disse Richard.

– Não enquanto eu viver – respondeu Sir Eric – Alberic foi avisar o conde de Harcourt, para reunir os normandos, e aqui estamos prontos para defender este quarto até o último suspiro, mas somos poucos, os franceses são muitos, e o socorro pode estar longe.

– Então você pretendia me tirar do alcance deles esta manhã, Osmond?

– Sim, meu Senhor.

– E se eu não tivesse me exaltado e dito quem eu era, poderia estar seguro! Por favor, Sir Eric! Sir Eric! Não deixe que me levem para uma prisão francesa!

– Venha aqui, meu querido – disse a sra. Astrida, estendendo os braços, – Sir Eric fará tudo o que puder por você, mas estamos nas mãos de Deus!

Richard veio, encostou-se nela e disse: – Eu gostaria de não ter me exaltado – disse ele, bem triste, depois de ficar um pouco em silêncio; então, olhando para a sra. Astrida, ficou imaginando e perguntou: – Mas como a senhora veio até aqui?

– É um longo caminho para meu velho corpo – disse a sra. Astrida, sorrindo – mas o meu filho me ajudou, pois considera este lugar o único verdadeiramente seguro no castelo.

– O mais seguro de todos – respondeu Sir Eric – e não estou exagerando.

– Ouçam! – disse Osmond – os franceses estão andando de um lado para o outro, começando a se perguntar onde está o duque.

– Vá até as escadas, Osmond – disse Sir Eric. – Parado no degrau estreito, um homem pode mantê-los afastados por muito tempo. Você também pode falar o idioma deles e negociar com eles.

– Talvez pensem que já não estou mais aqui, – sussurrou Richard – se eles não conseguiram me encontrar, e depois irão embora.

Osmond e dois dos normandos estavam, enquanto ele falava, posicionando-se na estreita escada em espiral, onde só havia espaço para um homem no degrau. Osmond era o mais baixo, os outros dois eram mais altos do que ele, e teria sido muito difícil para um inimigo forçar passagem por eles.

Osmond podia ouvir claramente os sons dos passos e das vozes dos franceses enquanto eles se consultavam e procuravam o duque. Por fim, ouviu-se um homem subindo as mesmas escadas, até que, virando-se, de repente se viu perto do jovem de Centeville.

– Ora! Um normando bem aqui! – ele gritou, recuando surpreso – o que você está fazendo aqui?

– Meu dever – respondeu Osmond rapidamente. – Estou aqui para proteger esta escada – e sua espada desembainhada expressou a mesma intenção.

O francês recuou, e logo se ouviu um sussurro lá embaixo e, em seguida, uma voz subiu as escadas, dizendo: – Meu bom normando...

– O que você disse? – respondeu Osmond, e a cabeça de outro francês apareceu. – O que significa tudo isso, meu amigo? – Essa foi a pergunta. – Nosso rei vem até vocês como convidado, e vocês o receberam ontem à noite como vassalos leais. Por que você agora desapareceu de nossa vista e levou seu jovem duque para lugares secretos? Na verdade, não é nada bom que vocês o mantenham afastado e, portanto, o rei exige vê-lo imediatamente.

– Meu caro amigo francês – respondeu Osmond – seu rei reivindica o duque como seu pupilo. Meu pai não sabe como isso pode acontecer, mas como ele se comprometeu perante os estados da Normandia a zelar pelo bem-estar do duque, deve mantê-lo sob sua custódia até receber novas ordens de seus superiores.

– Normando insolente, isso significa que você pretende calar a boca do menino e mantê-lo em suas mãos rebeldes. Seria muito melhor que vocês o entregassem... melhor para você e para ele. A criança é protegida do rei e não deve ser criada por piratas rebeldes do norte...

Nesse momento ouviu-se um grito vindo de fora, tão alto que quase abafou as vozes dos soldados na escada da torre, um grito bem-vindo aos ouvidos de Osmond, repetido por uma multidão de vozes: – Haro! Haro! Nosso jovem duque!

Esse era conhecido como um grito normando. O velho duque Rollo era tão justo e sempre pronto para reparar todas as queixas que seu nome era um apelo contra a injustiça, e sempre que algo errado era cometido, o clamor normando contra o dano era sempre "Ha Rollo!" Ou como foi abreviado, "Haro". E agora Osmond sabia que aqueles cujo afeto havia sido conquistado pela retidão de Rollo estavam se reunindo para proteger seu neto indefeso.

O grito também foi ouvido dentro do pequeno cômodo da torre, trazendo esperança e alegria. Richard julgou-se já resgatado e, saindo de perto da sra. Astrida, começou a dançar de alegria, desejando apenas ver os fiéis normandos, cujas vozes ele ouvia ecoando continuamente, em apelos por seu jovem duque e em protestos contra os franceses. As janelas eram, porém, tão altas, que delas nada se via além do céu; e, como Richard, o velho barão de Centeville estava quase fora de si de ansiedade para saber que forças estavam reunidas e que medidas estavam sendo tomadas. Ele abriu a porta, chamou o filho e perguntou se ele sabia o que estava acontecendo, mas Osmond sabia muito pouco. Ele não conseguia ver nada além dos degraus pretos, cheios de teias de aranha e empoeirados, serpenteando acima de sua cabeça, enquanto os clamores do lado de fora, cada vez mais ferozes e mais altos, abafavam todos os sons que de outra forma poderiam ter chegado até ele vindos dos franceses dentro do castelo. Por fim, porém, Osmond gritou para seu pai, em nórdico: – Há um barão francês que veio implorar, e dessa vez com muita humildade, para que o duque possa ir até o rei.

– Diga a ele – respondeu Sir Eric – que, salvo com o consentimento do Conselho da Normandia, a criança não sai de minhas mãos.

– Ele diz – respondeu Osmond, no instante seguinte – que você mesmo deverá protegê-lo, com quantos quiser trazer com você. Ele declara, com base na fé de um barão livre, que o Rei não quer fazer nenhum mal ao menino... quer mostrá-lo aos rouennais, e ameaça derrubar a torre se não conseguir ver seu pequeno duque. Devo pedir-lhe que envie um refém?

– Responda a ele – disse o barão – que o duque não sai deste lugar a menos que nos seja feita uma promessa de sua segurança. Eles têm um conde muito educado e que fala bem e se sentou ao lado do rei durante o jantar... deixe-o vir aqui, e então talvez eu possa permitir que o duque fique entre eles.

Osmond deu a resposta desejada, que foi levada ao rei. Enquanto isso, o alvoroço lá fora ficou mais alto do que nunca, e era possível escutar novos sons, uma buzina soou e houve um grito de "*Que Deus nos ajude!*", o grito de guerra normando, acompanhado de "*Notre Dame de Harcourt!*"

– Pronto, pronto! – gritou Sir Eric, respirando fundo, como se tivesse aliviado metade de suas ansiedades – O menino conseguiu levar a mensagem. Bernard finalmente chegou! Já vi a cabeça e a mão dele logo ali, não duvido mais.

– Aí vem o conde – disse Osmond, abrindo a porta e deixando entrar um homem robusto e corpulento, que parecia extremamente ofegante com a subida da escada íngreme e irregular, e muito pouco satisfeito por se encontrar em tal situação. O barão de Centeville deu bons presságios pela rapidez com que foi enviado, pensando que isso representava grande perplexidade e angústia por parte de Luís. Sem esperar para ouvir o refém falar, ele apontou para um baú onde estivera sentado e ordenou que dois de seus homens de armas ficassem de cada lado do conde, dizendo ao mesmo tempo a sra. Astrida: – Agora, mãe, se algum mal acontecer ao menino, a senhora sabe o que fazer. Venha, lorde Richard.

Richard avançou. Sir Eric segurou sua mão. Osmond manteve-se logo atrás dele e, com todos os soldados que puderam ser poupados para proteger a sra. Astrida e seu refém, desceu as escadas, sem nenhuma pena de ir, pois estava cansado de ficar preso naquele cômodo da torre, de onde ele não via nada, e com aqueles gritos amigáveis vindos lá de fora, ele não podia ter medo.

Ele foi conduzido à grande sala do conselho que ficava acima do salão. Lá, o rei andava de um lado para outro ansiosamente, parecendo mais pálido do que de costume, e não é de admirar, pois o alvoroço soava tremendo lá fora... e de vez em quando uma pedra batia nas laterais da janela.

Quase no mesmo momento em que Richard entrou por uma

porta, o conde Bernard de Harcourt entrou pela outra, e houve uma ligeira pausa no tumulto.

– O que significa isso, meus senhores? – exclamou o rei – Aqui estou, de boa vontade, em memória de minha calorosa amizade com o duque Guilherme, para assumir os cuidados de seu filho que ficou órfão e reunir-me com vocês para vingar sua morte, e é essa a saudação que vocês me oferecem? Vocês roubam a criança e incitam o traidor de Rouen contra mim. Essa é a recepção para o seu rei?

– Senhor rei – respondeu Bernard – não sei quais são exatamente suas intenções. Tudo o que sei é que os moradores de Rouen estão verdadeiramente furiosos com o senhor... tanto que estavam quase prontos para me despedaçar por estar ausente nesse momento. Dizem que o senhor está mantendo a criança prisioneira em seu castelo e que, se o senhor demolir o castelo, eles irão restaurá-lo.

– Você é um homem verdadeiro e leal. Você entende minhas boas intenções – disse Luís, tremendo, pois os normandos eram extremamente temidos. – Você não traria a vergonha da rebelião para sua cidade e para seu povo. Aconselhe-me... farei exatamente o que você me aconselhar. Como devo acalmá-los?

– Pegue a criança, leve-a até a janela, jure que você não tem intenção de fazer mal a ela, que não a tirará de nós – disse Bernard – Jure pela fé de um rei.

– Como rei... como cristão, na verdade! – disse Luís – Aqui, meu menino! Por que sentir medo de mim? O que eu fiz para que você me temesse? Você tem ouvido histórias ruins sobre mim, meu filho. Venha aqui.

A um sinal do conde de Harcourt, Sir Eric conduziu Richard para a frente e colocou sua mão na do rei. Luís levou-o até a janela, ergueu-o no parapeito e ficou ali com o braço em volta dele, ao que se ouviu o grito: – Viva Richard, nosso jovem duque! – gritaram novamente. Enquanto isso, os dois Centevilles olharam maravilhados para o velho Harcourt, que balançou a cabeça e murmurou em sua língua: – Farei tudo o que puder, mas nossa força é pequena e o rei leva a melhor. Não devemos provocar uma guerra contra nós mesmos.

– Ouça! Ele vai falar – disse Osmond.

– Digníssimos senhores! Caríssimos moradores! – começou o rei, enquanto os gritos se acalmavam um pouco.[13] – Fico muito feliz em ver o amor que vocês têm por nosso jovem príncipe! Gostaria que todos os meus súditos fossem igualmente leais! Mas por que estão com medo de mim, vocês agem como se eu fosse feri-lo? Eu vim apenas para aconselhar-me sobre como vingar a morte do pai dele, que me trouxe de volta da Inglaterra quando eu era um exilado sem amigos. Vocês não sabem quão profunda é a dívida de gratidão que tenho para com o duque Guilherme? Foi ele quem me tornou rei, foi ele quem fez com que o rei da Alemanha me aceitasse como rei; ele foi padrinho do meu filho, e a ele devo toda a minha riqueza e posição, e tudo o que eu quero é ser responsável perante seu filho, já que, infelizmente, eu não consegui impedir sua morte. O duque Guilherme descansa em seu túmulo sangrento! Cabe a mim responsabilizar seus assassinos e valorizar seu filho, como se fosse meu!

Depois de dizer essas palavras, Luís abraçou ternamente o menino, e os rouennais, lá embaixo, explodiram em outro grito: "Viva o rei Luís" seguido de "Viva Richard!"

Entretanto, Eric perguntou a Harcourt: – Você não vai deixar a criança ir?

– Não sem providências para sua segurança, mas ainda não estamos preparados para a guerra, e deixá-lo ir é o único meio de evitá-la.

Eric murmurou e balançou a cabeça, mas a decisão do conde de Harcourt tinha tanta importância para ele que ele nem sonhou em contestá-la.

– Tragam-me aqui – disse o rei – tudo o que vocês consideram mais sagrado, e verão como prometerei ser o amigo mais fiel de seu duque.

Houve certa demora, durante a qual os nobres normandos tiveram tempo para mais conselhos, e Richard olhou melancolicamente para eles, perguntando-se o que aconteceria com ele e desejando também saber onde estava Alberic.

Vários membros do clero da Catedral apareceram em procissão, trazendo consigo o livro dos Evangelhos sobre o qual Richard fizera um juramento em sua consagração como duque, com outros tesouros sagrados da Igreja, preservados em caixas de ouro. Os padres foram seguidos por alguns cavaleiros e nobres normandos, alguns moradores de Rouen e, para grande alegria de Richard, pelo próprio Alberic de Montemar. Os dois meninos ficaram olhando um para o outro, enquanto se preparavam para a cerimônia do juramento do rei.

A mesa de pedra no meio da sala foi limpa e arrumada de modo que se assemelhasse até certo ponto ao altar da Catedral; então o conde de Harcourt, diante dela e segurando a mão do rei, perguntou-lhe se ele se comprometeria a ser amigo, protetor e um bom senhor para Richard, duque da Normandia, protegendo-o de todos os seus inimigos e sempre buscando seu bem-estar. Luís, com a mão nos Evangelhos, jurou que sim.

– Amém! – respondeu Bernard, o dinamarquês, solenemente – e assim como o senhor cumprirá esse juramento para com o filho órfão de pai, o mesmo faça o Senhor Nosso Deus com a sua casa!

Seguiu-se, então, a cerimônia, interrompida na noite anterior, da homenagem e juramento de lealdade que Richard devia ao rei e, por outro lado, a recepção formal do Rei do menino como vassalo, mantendo, sob seu comando, os dois ducados da Normandia e da Bretanha. – Quero dizer também – continuou o rei, erguendo o menino nos braços e beijando-o – que não tenho vassalo mais querido em todo o meu reino do que esta bela criança, filho de meu amigo e benfeitor assassinado... tão precioso para mim quanto são meus filhos e minha rainha, e dou testemunho.

Richard não estava gostando muito de todos aqueles abraços, mas tinha certeza de que o rei realmente não tinha más intenções com ele, e ficou surpreso com toda a desconfiança que os centevilles haviam demonstrado.

– Agora, bravos normandos – disse o rei – estejam prontos rapidamente para atacar o traidor flamengo. A causa do meu exército é a minha também. Em breve a trombeta soará, as tropas serão convocadas, e Arnulfo, nas chamas de suas cidades e no sangue de seus vassalos, aprenderá a lamentar o dia em que seu pé pisou na Ilha de Pecquigny! Quantos normandos você pode levar para a batalha, senhor conde?

— Não sei exatamente, talvez algumas centenas de lanças — respondeu o velho dinamarquês, cautelosamente – Depende dos números que possam estar envolvidos na guerra italiana com os sarracenos, mas disso tenha certeza, senhor rei, que todo homem na Normandia e na Bretanha que puder desembainhar uma espada ou manejar um arco, se posicionará na causa do nosso jovem duque. A memória de seu abençoado pai é tão querida em nosso lar no norte, que basta uma mensagem ao rei Haroldo Dente Azul para trazer uma frota de longas quilhas para o Sena, com dinamarqueses robustos o suficiente para lutar com fogo e espada, não apenas através de Flandres, mas em toda a França. Nós, do norte, não esquecemos velhas amizades e favores, senhor rei.

— Sim, sim, conheço a fé normanda de antigamente – respondeu Luís, inquieto – mas dificilmente precisaríamos de aliados tão selvagens como você está propondo; o conde de Paris e Hubert de Senlis podem ser reconhecidos pelo seu prestígio, suponho.

— Não há amigo mais verdadeiro da Normandia do que o galante e sábio velho Hugo, o branco! – disse Bernard – e quanto a Senlis, ele é tio do menino e está duplamente ligado a nós.

— Fico feliz em ver sua confiança – disse Luís – Em breve você terá notícias minhas. Enquanto isso, devo retornar para reunir minhas forças e convocar meus grandes vassalos e, com sua licença, valentes normandos, levarei comigo meu querido jovem pupilo. Sua presença defenderá melhor sua causa do que as melhores palavras; além disso, ele crescerá no amor e na amizade com meus dois filhos, e será educado por eles com todo o bom aprendizado e cavalheirismo, e nunca lembrará de que é órfão enquanto estiver sob os meus cuidados e os cuidados da rainha Gerberge.

– Deixe a criança vir até mim, por favor, meu Senhor e rei – respondeu Harcourt, sem rodeios. – Preciso conversar com ele antes de poder responder.

– Vá, Richard! – disse o rei Luís – vá até seu vassalo de confiança. Fico feliz por você ter um amigo assim. Espero que você reconheça o valor que ele merece.

– Vamos lá, então, jovem senhor – disse o conde, em sua língua nativa, quando Richard saiu do lado do rei e ficou ao lado dele – o que você acha dessa proposta?

– O rei é muito gentil – disse Richard – tenho certeza de que ele é gentil; mas não gostaria de sair de Rouen, nem de ficar longe da sra. Astrida.

– Ouça, meu Senhor – disse o dinamarquês, abaixando-se e falando baixo. – O rei está decidido a levá-lo; ele tem consigo o melhor de seus soldados franceses e nos pegou de surpresa, embora eu ainda pudesse resgatá-lo de suas mãos, mas isso teria que ser depois de uma luta feroz, na qual você poderia ser ferido, e este castelo e cidade certamente queimado e arrancado de nós. Algumas semanas ou meses, e teremos tempo para reunir nossas forças, de modo que a Normandia não precise temer ninguém, e durante esse tempo você deve permanecer com ele.

– Tenho mesmo que ir... e totalmente sozinho?

– Não, não sozinho, não sem o guardião mais confiável que pudermos encontrar para você. Amigo Eric, o que você diz? – e ele colocou a mão no ombro do velho Barão – Pensando bem, eu não sei. Embora você realmente seja uma montanha norueguesa, tenho minhas dúvidas se o seu cérebro não é pequeno demais para ver entender os artifícios e disfarces franceses, uma vez que não se mostrou tão astuto ontem à noite.

– Era Osmond, não eu – disse Sir Eric – Ele conhece a língua enrolada deles melhor do que eu. Seria melhor ele ir com a pobre criança, se for necessário.

– Pense bem, Eric – disse o Conde em voz baixa – Osmond é a única esperança de sua boa e velha casa... se isso for uma jogada desonesta, o guardião será o primeiro a sofrer.

– Já que você acha adequado arriscar a única esperança de toda a Normandia, não sou homem para segurar meu filho onde ele possa ajudá-lo – disse o velho Eric, com tristeza. – A pobre criança ficará sozinha e descuidada lá, e será difícil se o menino não tiver um companheiro e amigo fiel ao seu lado.

– Tudo bem – disse Bernard – por mais jovem que seja, prefiro confiar a criança a Osmond do que a qualquer outro, pois ele está pronto para aconselhar e agir com rapidez.

– Sim, e você chegou à conclusão – murmurou o velho Centeville – que nós, cuja função é proteger o menino, deveríamos mandá-lo para onde você não confia nem em deixar meu filho ir.

Bernardo não prestou mais atenção nele, mas, aproximando-se, exigiu outro juramento do rei, de que Richard estaria tão seguro e livre em sua corte quanto em Rouen, e que sob nenhum pretexto ele deveria ser retirado dos cuidados imediatos de seu Escudeiro, Osmond Fitz Eric, herdeiro de Centeville.

Depois disso, o rei estava impaciente para partir e pediu

que tudo fosse preparado. Bernard chamou Osmond de lado para dar instruções completas sobre sua conduta e os meios de comunicação com a Normandia, e Richard estava se despedindo da sra. Astrida, que havia descido de sua torre junto com ele. Ela chorou muito por seu pequeno duque, rezando para que ele pudesse ser devolvido em segurança à Normandia, mesmo que ela não vivesse para ver isso; ela o exortou a não esquecer o bom e santo aprendizado em que foi educado, a controlar seu temperamento e, acima de tudo, a fazer suas orações constantemente, nunca deixando nenhuma de fora, pois as contas de seu rosário o lembravam da ordem de suas orações. Quanto ao seu neto, Osmond, a ansiedade por ele parecia quase perdida em meio aos seus temores pelo jovem Richard, e as principais coisas que ela lhe disse, quando ele se despediu dela, foram instruções sobre os cuidados que deveria ter com a criança, e que a honra que agora recebia faria com que seu nome fosse eternamente estimado se ele cumprisse seu dever que era o mais precioso que um normando já havia recebido.

– Eu farei isso, vovó, da melhor maneira que puder – disse Osmond – se necessário, morrerei pelo nosso duque, mas nunca serei infiel!

– Alberic! – disse Richard – está feliz porque vai voltar para Montemar?

– Sim, meu Senhor – respondeu Alberic, um tanto resistente – tão feliz quanto você ficará em voltar para Rouen.

– Então mandarei buscar você, Alberic, pois não vou gostar tanto dos príncipes Lotário e Carlomano quanto gosto de você!

– Meu Senhor, o rei está esperando pelo duque – disse um francês, aproximando-se.

– Adeus, então, sra. Astrida. Não chore. Em breve voltarei. Adeus, Alberic. Leve o falcão de cauda longa de volta para Montemar e tome conta dele por mim. Adeus, Sir Eric... Adeus, conde Bernard. Quando os normandos vierem conquistar Arnulf, o senhor os guiará. Ó minha querida sra. Astrida, adeus novamente.

– Adeus, meu querido. Que Deus o acompanhe e o traga para casa em segurança! Adeus, Osmond. Que o céu lhe proteja e lhe dê forças para ser o escudo e a defesa do nosso menino!

CAPÍTULO VI

Longe do portão alto e estreito da Torre de Rollo, com o aglomerado de rostos amigáveis e tristes olhando para fora, longe das lojas em forma de barracas de Rouen, e dos robustos moradores gritando com toda a força de seus pulmões: – Viva o duque Richard! Viva o rei Luís! Morte ao Flamengo!

Longe do grande Sena... longe de casa e dos amigos, cavalgou o jovem duque da Normandia, ao lado do cavalo do rei da França.

O rei prestou muita atenção no menino, manteve-o ao seu lado, conversou com ele, admirou o belo gado que pastava em segurança nos pastos verdejantes e, ao olhar para a rica terra dos campos, os castelos elevando-se acima dos bosques, os conventos com aspecto de grandes quintas, as muitas aldeias em redor das rudes igrejas, e a numerosa população que aparecia para contemplar a festa, e repetir o grito de "Viva o rei! Bênçãos para o jovem duque!", ele disse a Richard, repetidas vezes, que seu ducado era o mais bonito em toda a França e a Alemanha.

Quando cruzavam o rio Epte, o rei colocou Richard no mesmo barco que ele, e sentado perto de Luís, conversando avidamente sobre falcões e cães de caça, o pequeno duque atravessou a fronteira de seu ducado.

    O país para onde foram não era como a Normandia. Primeiro chegaram a uma grande floresta, onde a mata era fechada e não havia caminho para passar. O rei ordenou que um dos homens que os havia conduzido no barco fosse colocado como guia, e dois dos soldados o colocaram entre eles e o forçaram a liderar o caminho, enquanto os outros, com suas espadas e machados de batalha, cortavam e limpavam os galhos emaranhados e os arbustos que quase obstruíam o caminho. O tempo todo, todos estavam atentos aos ladrões, e as armas estavam todas prontas para uso a qualquer momento. Quando atravessaram a floresta, um castelo surgiu diante deles e, embora ainda não fosse tarde, resolveram descansar ali, pois havia um pântano não muito longe e não seria seguro atravessá-lo ao cair da tarde.

    O barão do castelo os recebeu muito bem, com muito respeito ao rei, mas sem prestar muita atenção ao duque da Normandia, e Richard não foi tratado com o reconhecimento que gostaria. Ele ficou imediatamente corado de nervoso e olhou primeiro para o rei e depois para Osmond, mas Osmond ergueu o dedo em advertência, lembrando-lhe de como havia perdido a paciência antes e do que havia acontecido, e então, o menino resolveu tentar suportar melhor a situação e, nesse momento a filha do barão, uma jovem donzela de 15 ou 16 anos e aparência gentil, veio e conversou com ele, e o entreteve tão bem, que ele não pensou muito mais em sua dignidade ofendida. Quando recomeçaram a viagem, o barão e vários de seus seguidores vieram com eles para mostrar o único caminho seguro para atravessar o pântano. Era uma estrada muito escorregadia, traiçoeira e irregular; as patas dos cavalos formavam poças de água onde quer que pisassem.

O rei e o barão cavalgaram juntos e os outros nobres franceses ficaram ao redor deles; Richard ficou em segundo plano e, embora os soldados franceses tivessem o cuidado de não perdê-lo de vista, ninguém lhe oferecia qualquer ajuda, exceto Osmond, que deu o próprio cavalo a Sybald, um dos dois cavalariços normandos que o acompanhavam, para conduzir o cavalo de Richard pelas rédeas ao longo de toda a distância do caminho pantanoso, uma situação que era totalmente desagradável, já que Osmond usava sua cota de malha pesada e suas botas pontiagudas e protegidas por ferro que afundavam a cada passo no pântano. Ele falava pouco, mas parecia estar atento a cada toco de salgueiro ou degrau que pudesse servir de tropeço no caminho.

Do outro lado do pântano começava uma longa extensão de deserto de aparência sombria e verdejante, sem sinal de vida. O barão despediu-se do rei, enviando apenas três soldados para lhe mostrar o caminho para um mosteiro, que seria o próximo ponto de parada. Ele enviou três, porque não era seguro para um, mesmo totalmente armado, cavalgar sozinho, por medo dos ataques dos seguidores de um certo barão saqueador, que estava em uma rivalidade mortal com ele, e fez de toda aquela fronteira uma área muito perigosa. Richard conseguiu notar muito bem que não gostava tanto de Vexin quanto da Normandia, e que o povo precisava aprender a história da sra. Astrida sobre as pulseiras de ouro que, na época de seu avô, ficaram penduradas intocadas por um ano, em uma árvore na floresta.

A jornada foi praticamente a mesma, terrenos baldios, pântanos e florestas se alternaram. Os castelos ficavam em montes altos, de frente para a região, e as aldeias aglomeravam-se ao seu redor, para onde as pessoas ou fugiam, levando consigo o gado ao primeiro avistamento de um bando armado, ou então, se permanecessem, eram criaturas magras e de aparência miserável, com membros debilitados, rostos angustiados e, muitas vezes, colarinhos de ferro em volta do pescoço. Onde havia uma aparência de maior prosperidade, como alguns campos de milho, vinhas nas encostas das colinas, gado gordo e camponeses com aparência saudável e segura, certamente se via uma série de longos edifícios baixos de pedra, cobertos por cruzes, com uma pequena torre quadrada de igreja erguendo-se no meio, e intercalada com velhas macieiras retorcidas e acinzentadas, ou com jardins de ervas espalhando-se diante delas até os prados. Se, em vez de dois ou três soldados de um castelo, ou de algum servo atormentado pressionado para fazer o serviço e espancado, ameaçado e vigiado para evitar a traição, o rei pedisse um guia em um convento, algum irmão leigo poderia conduzir o grupo ou, então, montar em um burro e seguir com perfeita confiança e segurança quanto ao seu retorno para casa, certo de que sua pobreza e seu caráter sagrado o protegeriam de qualquer ultraje do saqueador mais terrível da vizinhança.

Assim viajaram até chegarem ao castelo real de Laon, onde o estandarte da flor-de-lis nas ameias anunciava a presença de Gerberge, rainha da França, e de seus dois filhos. O rei entrou primeiro na corte com seus nobres e, antes que Richard pudesse segui-lo através do estreito portão em arco, ele desmontou, entrou no castelo e desapareceu de vista. Osmond segurou o estribo do duque e seguiu-o pela escada que levava ao salão do castelo. Estava cheio de gente, mas ninguém abriu caminho, e Richard, segurando a mão de seu escudeiro, olhou para seu rosto, indagador e perplexo.

– Senhor senescal – disse Osmond, vendo um velho corpulento, com cabelos grisalhos e uma corrente de ouro – este é o duque da Normandia, peço que o conduza à presença do rei.

Richard não tinha mais motivos para reclamar de negligência, pois o senescal imediatamente fez uma reverência e disse em voz alta: – Abram espaço... espaço para o alto e poderoso príncipe, meu Senhor duque da Normandia! – conduzindo-o até o tablado ou a parte mais elevada do chão, onde o rei e a rainha conversavam juntos. A rainha olhou em volta, quando Richard foi anunciado, ele viu o rosto dela, que estava pálido e com uma expressão não muito agradável. Ele recuou e ficou relutante, enquanto Osmond, com uma mão de advertência, pressionando seu ombro, estava tentando lembrá-lo de que ele deveria ir em frente, ajoelhar-se e beijar a mão dela.

– Aí está ele – disse o rei.

– Você conseguiu! – respondeu a rainha – mas o que faz aquele gigante do norte atrás dele?

O rei Luís respondeu algo em voz baixa e, enquanto isso, Osmond tentou em um sussurro induzir seu jovem Senhor a seguir em frente e prestar sua reverência.

– Já lhe disse que não vou – disse Richard – Ela parece estar zangada e eu não gosto dela.

Felizmente ele falou isso em sua língua, mas sua aparência e seu ar expressavam muito mais do que dizia, e Gerberge pareceu ainda menos atraente.

– Um ursinho norueguês metódico – disse o rei – feroz e indisciplinado como o resto. Venha e faça sua cortesia. Você se esqueceu de onde está? – ele acrescentou, severamente.

Richard fez uma reverência, em parte porque Osmond forçou seu ombro para baixo, mas ele pensou no velho Rollo e em

Carlos, o simples, e seu coração orgulhoso decidiu que nunca beijaria a mão daquela rainha com aquela cara malvada. Foi uma decisão tomada com orgulho e desafio, e ele sofreu por isso depois; porém, naquele momento, nada mais aconteceu, pois a rainha só viu no seu comportamento o de um jovem nórdico pouco educado. E, embora não gostasse dele e o desprezasse, não se importava o suficiente com a sua reverência para insistir que a fizesse. Ela sentou-se, e o rei também, e eles continuaram conversando. O rei provavelmente contando a ela suas aventuras em Rouen, enquanto Richard estava no degrau do estrado, cheio de orgulho caprichoso.

Quase quinze minutos se passaram dessa maneira quando os criados vieram pôr a mesa para o jantar, e Richard, apesar de seu olhar indignado, foi forçado a se afastar. Ele estava se perguntando durante todo o tempo onde estariam os dois príncipes, pois achava muito estranho que não tivessem vindo receber o pai que estava fora de casa havia tanto tempo. Por fim, assim que o jantar foi servido, uma porta lateral se abriu e o senescal disse em voz alta: – Abram passagem para os altos e poderosos príncipes, meu Senhor Lotário e meu Senhor Carlomano! – e entraram os dois meninos, um mais ou menos da mesma idade de Richard e o outro menos de um ano mais novo. Ambos eram crianças magras, pálidas e de traços marcantes, e Richard sentiu-se confiante e com grande satisfação por ser muito mais alto que Lotário.

Eles se aproximaram cerimoniosamente do pai e beijaram sua mão, enquanto este beijou suas testas, e então lhes disse: – Vocês têm um novo companheiro para brincar.

– Esse é o pequeno nórdico? – disse Carlomano, virando-se

para olhar para Richard com um olhar de curiosidade, enquanto Richard, por sua vez, sentiu-se consideravelmente ofendido por um menino muito menor do que ele o chamar de pequeno.

– Sim, é ele; – respondeu a rainha – seu pai o trouxe para casa com ele.

Carlomano deu um passo à frente, estendendo timidamente a mão para o estranho, mas seu irmão o empurrou rudemente para o lado e disse: – Eu sou o mais velho, é minha função ser o primeiro. Então, jovem nórdico, você veio aqui para brincarmos juntos.

Richard ficou bem surpreso por ter sido abordado dessa forma imperiosa para dar qualquer resposta. Ele foi completamente pego de surpresa, e a única coisa que conseguiu fazer foi arregalar seus grandes olhos azuis.

– Ora! Por que você não responde? Não está ouvindo? Você só sabe falar sua língua pagã? – continuou Lotário.

– O normando não é uma língua pagã! – respondeu Richard em voz alta, quebrando imediatamente o silêncio – Somos tão bons cristãos quanto vocês... sim, talvez até melhores.

– Calma! Fique calmo meu Senhor! – disse Osmond.

– Mas o que é isso, senhor duque – interferiu novamente o rei, em tom irritado – você já está brigando? Estava mesmo na hora de tirá-lo de sua corte selvagem. Senhor escudeiro, tente manter os modos de seu pupilo sob controle ou eu o mandarei imediatamente para a cama, sem jantar.

– Meu Senhor, meu Senhor – sussurrou Osmond – não vê que está trazendo descrédito para todos nós?

– Eu seria bastante educado, se eles fossem educados comigo – respondeu Richard, mantendo um olhar desafiador para Lotário que, devolvendo um olhar zangado, mesmo assim recuou para sua mãe. A rainha então disse: – Tão forte e tão rude é o jovem selvagem, ele certamente machucará nossos pobres meninos!

– Não tenha medo – disse Luís – ele será vigiado. E – acrescentou em tom mais baixo – por enquanto, pelo menos, devemos manter as aparências. Hubert de Senlis e Hugo de Paris estão de olho em nós e, se eles sentirem a falta do menino, o velho e sombrio Harcourt reunirá todos os piratas de suas terras para que venham sobre nós num piscar de olhos. Nós o temos e, portanto, devemos descansar contentes por enquanto. Agora vamos jantar.

No jantar, Richard sentou-se ao lado do pequeno Carlomano, que de vez em quando o espiava por baixo dos cílios, como se tivesse medo dele; e logo, quando todos estavam conversando de modo que sua voz não podia ser ouvida, ele disse sussurrando, em tom bem grave: – Você gosta de carne salgada ou fresca?

– Eu gosto de carne fresca – respondeu Richard, com igual gravidade – só comemos ela salgada durante o inverno.

Houve outro período de silêncio e então Carlomano, com a mesma solenidade, perguntou: – Quantos anos você tem?

– Farei 9 anos na véspera de São Bonifácio. Quantos anos você tem?

– Oito. Eu tinha 8 anos na Festa de São Martins, e Lotário tinha 9 há três dias.

Outro período de silêncio; em seguida, enquanto Osmond

servia Richard, Carlomano voltou a conversar: – Esse é o seu escudeiro?

– Sim, ele se chama Osmond de Centeville.

– Ele é bem alto!

– Nós, os normandos, somos mais altos do que vocês, franceses.

– Não diga isso a Lotário porque você vai deixá-lo nervoso.

– Por quê? É verdade.

– Sim, mas... – e Carlomano abaixou o volume de sua voz – há algumas coisas que Lotário não gosta de ouvir. Não o irrite, ou ele deixará minha mãe descontente com você. Ela fez com que Thierry de Lincourt fosse açoitado, porque a bola dele atingiu o rosto de Lotário.

– Ela não pode me machucar... sou um duque livre – disse Richard. – Mas por que isso aconteceu? Ele fez de propósito?

– É claro que não!

– E Lotário se machucou?

– Fale baixo! É melhor você dizer "o príncipe Lotário". Não, era uma bola bem leve.

– Por que ele foi açoitado, então? – perguntou Richard novamente.

– Eu já lhe disse, porque ele bateu com a bola em Lotário.

– Bem, por que ele não riu e disse que não era nada? Alberic me derrubou com uma grande bola de neve outro dia, e Sir Eric riu e disse que eu precisava ficar mais firme.

— Você brinca com bolas de neve?

— É lógico que sim! Você não brinca?

— Oh, não! A neve é muito fria.

— Ah, você é apenas um garotinho! – disse Richard, demonstrando certa superioridade. Carlomano perguntou como era a brincadeira, e Richard fez uma descrição animada da brincadeira com a bola de neve que tinha acontecido há quinze dias, em Rouen, quando Osmond e alguns dos outros jovens construíram uma fortaleza de neve e a defenderam contra Richard, Alberic e os outros escudeiros. Carlomano ouviu com prazer e afirmou que da próxima vez que nevasse, eles fariam um castelo de neve; e assim, quando o jantar acabou, os dois meninos já eram bons amigos.

A hora de dormir chegou pouco depois do jantar. O quarto de Richard era menor do que aquele a que estava acostumado em Rouen; mas ficou muito surpreso quando ele entrou pela primeira vez. Ele ficou olhando maravilhado e disse: – Parece que entrei em uma igreja.

— Sim, é verdade! – disse Osmond – Não é de admirar que essas pobres criaturas francesas não possam resistir diante de uma lança normanda, se não conseguem dormir sem vidro nas janelas. Meu Deus! O que meu pai diria sobre isso?

— Olhe isso! Veja, Osmond! Colocaram cortinas em todas as paredes, do mesmo jeito que fazemos na igreja de Nossa Senhora nos dias de festa. Eles nos tratam como se fôssemos santos; e aqui também estão juncos frescos espalhados pelo chão. Acho que se enganaram... isso deve ser um oratório, e não o meu quarto.

— Não, não, meu Senhor; aqui estão nossas coisas, que ordenei a Sybald e Henry que fossem entregues em nosso quarto. Bem, esses franceses são cheios de detalhes, de fato! Minha avó não vai acreditar quando lhe contarmos o que temos aqui. Janelas de vidro e cortinas nos dormitórios! Não gosto disso, tenho certeza de que nunca conseguiremos dormir, assim fechados, sem estar ao ar livre. Vou ficar sempre acordado e imaginando que estou na capela de casa, ouvindo o padre Lucas entoar suas orações matinais. Além disso, meu pai me culparia por deixar você ser tão sensível quanto um francês. Vou abrir esta linda janela, se for possível.

Apesar do jovem normando achar que o rei era muito luxuoso, os vidros em Laon não eram permanentes. Eles eram colocados em caixilhos que podiam ser erguidos ou removidos à vontade; pois, como a corte possuía apenas um conjunto de janelas de vidro, elas eram retiradas e transportadas de um lugar para outro, sempre que Luís se mudava de Reims para Soissons, Laon ou qualquer outro de seus castelos reais; de modo que Osmond não teve muita dificuldade em deslocá-los e deixar entrar a brisa forte e fria do inverno. A próxima coisa que ele fez foi dar um sermão em seu jovem Senhor sobre sua falta de cortesia, dizendo-lhe que não era de admirar que os franceses pensassem que ele não tinha mais cultura do que um viking (ou pirata), recém-capturado na Noruega. Ele estava lhes dando uma bela noção do treinamento que recebeu em Centeville, se não conseguia nem mesmo mostrar um pouco de civilidade para com a rainha... que era uma dama! E perguntou ao menino: – Foi assim que Alberic se comportou quando veio para Rouen?

— A sra. Astrida não fez caretas para ele, nem o chamou de jovem selvagem – respondeu Richard.

— Não, e ele não deu a ela nenhuma razão para fazer isso; pois sabia que o primeiro ensinamento de um jovem cavaleiro é ser cortês com as damas... não importa se são belas e jovens, ou velhas e sem graça. Lorde Richard, até que você aprenda e perceba isso que estou lhe dizendo, você nunca será digno de usar suas esporas de ouro.

— E o rei me disse que ela me trataria como uma mãe — exclamou Richard. — Você acha que o rei está falando a verdade, Osmond?

— Isso nós veremos através de seus atos — respondeu Osmond.

— Ele foi muito gentil enquanto estávamos na Normandia. Eu gostei mais dele do que do conde de Harcourt; mas agora acho que o conde é o melhor! Vou lhe dizer uma coisa, Osmond, nunca mais o chamarei de velho e cruel Bernard.

— É melhor não dizer isso mesmo, senhor, pois nunca terá um vassalo mais sincero do que ele.

— Bem, gostaria que estivéssemos de volta à Normandia, com a sra. Astrida e Alberic. Não suporto esse menino Lotário. Ele é orgulhoso, deselegante e cruel. Tenho certeza de que ele é assim e nunca vou conseguir gostar dele.

— Silêncio, meu senhor! — não fale tão alto. Você não está em seu castelo.

— E Carlomano é um medroso — continuou Richard, indiferente. — Ele não gosta de tocar na neve, não consegue nem deslizar no gelo e tem medo de chegar perto daquele cachorro enorme que é um lindo cão de caça.

— Ele é muito pequeno — respondeu Osmond.

– Tenho certeza de que eu não era tão covarde na idade dele, era, Osmond? Você não se lembra?

– Ora, lorde Richard, não posso me lembrar de todos os detalhes. Vamos lá, faça suas orações para que possamos ser levados de volta em segurança para Rouen e para que você não esqueça todo o bem que o padre Lucas e o santo abade Martin fizeram para lhe ensinar todas as coisas.

Richard fez suas orações usando as contas de seu rosário... madeira preta polida, com âmbar em alguns espaços... ele repetiu uma oração com cada conta, e Osmond fez o mesmo; então o pequeno duque deitou-se em uma estreita cama de nogueira ricamente esculpida; enquanto Osmond, depois de enfiar sua adaga para formar um ferrolho adicional e trancar a porta, examinou as cortinas para verificar se não havia nenhuma entrada secreta escondida atrás delas e juntou uma pilha de juncos deitando-se sobre ela, enrolado em seu manto, do lado oposto da porta. O duque logo adormeceu; mas o escudeiro demorou para pegar no sono, refletindo sobre os possíveis perigos que cercavam seu protegido e sobre a melhor maneira de se proteger contra eles.

CAPÍTULO VII

Esmond de Centeville logo se convenceu de que nenhum perigo imediato ameaçava seu jovem duque na corte de Laon. Luís parecia ter a intenção de cumprir seus juramentos aos normandos, permitindo que a criança fosse companheira de seus filhos e fosse tratada em todos os aspectos, conforme convinha à sua posição. Richard tinha seu devido lugar à mesa e toda a devida presença; ele aprendia, cavalgava e brincava com os príncipes, e não havia nada do que reclamar, exceto a frieza e a desatenção com que o rei e a rainha o tratavam, de forma alguma cumprindo a promessa de serem pais de seu órfão. Gerberge, que desde o início tinha receio de sua força superior e a sua aspereza com seus filhos franzinos, e que de modo algum se deixara conquistar pelas suas maneiras no primeiro encontro, era especialmente distante e severa com ele. Ela quase nunca conversava com ele, exceto se fosse para dar alguma repreensão que, verdade seja dita, Richard muitas vezes merecia.

Quanto aos meninos, seus companheiros constantes, Richard mantinha uma relação muito amigável com Carlomano, uma criança amável, tímida e fraca. Richard o menosprezava, mas era gentil, como qualquer menino de temperamento generoso, com alguém mais jovem e mais fraco do que ele. Era tão mais gentil do que Lotário, que Carlomano começou a gostar muito dele e considerava sua força e coragem algo nobre e maravilhoso.

A situação era muito diferente com Lotário, a pessoa de quem, acima de todas as outras, Richard mais esperaria receber algum carinho, pois ele era afilhado de seu pai, um relacionamento que naquela época era considerado quase tão próximo quanto de parentesco de sangue. Lotário foi criado por uma mãe indulgente e por cortesãos que nunca pararam de bajulá-lo, como herdeiro da coroa, e ele aprendeu a pensar que ceder à sua disposição naturalmente imperiosa e violenta era a maneira de provar seu poder e afirmar sua posição. Ele sempre fazia o que queria e nada jamais era feito para corrigir seus defeitos; a saúde um tanto debilitada o deixava irritado e tímido. Uma consciência latente desse medo tornava-o ainda mais cruel, às vezes porque ficava assustado, às vezes porque imaginava que fosse viril.

Ele tratava o irmão mais novo de uma forma que naquela época os meninos chamariam de intimidadora; e, como ninguém jamais ousava se opor ao filho mais velho do rei, acontecia praticamente o mesmo com todos os outros, exceto de vez em quando com alguma criatura muda, quando então toda a crueldade de Lotário vinha à tona. Quando seu cavalo dava um coice e ele acabava caindo, ficava parado e ordenava que espancassem o pobre animal até que suas costas ficassem cheias de sangue; quando seu cachorro mordia sua mão, tentando agarrar a carne com a qual ele o provocava, ele insistia em matá-lo, e era ainda pior quando um falcão bicava um de seus dedos. Certa vez, a bicada realmente o machucou e, num acesso de fúria, ele fez com que dois pregos fossem aquecidos em brasa no fogo para enfiá-los nos olhos do pobre pássaro.

– Não vou permitir que você faça isso! – exclamou Richard, esperando ser obedecido, como acontecia em seu castelo; mas Lotário apenas riu com desdém e disse: – Você acha que manda aqui, senhor pirata?

– Eu não vou permitir – repetiu Richard – Que vergonha, que vergonha! Como pode pensar em fazer uma coisa tão terrível assim!

– Que vergonha digo eu! Você sabe com quem está falando, senhor selvagem? – gritou Lotário, vermelho de ódio.

– Eu sei quem é o selvagem agora! – disse Richard – Espere! – ele disse para o servo que trazia os ferros em brasa segurando-os com uma pinça.

– Espere? – exclamou Lotário – Ninguém dá as ordens aqui, exceto eu e meu pai. Continue, Charlot... onde está o pássaro? Segure-a rápido, Giles.

– Osmond. Eu posso dar a ordem para você...

– Esqueça isso, meu Senhor – respondeu Osmond, interrompendo a ordem de Richard, antes que ela fosse dada – Não temos o direito de interferir aqui e não podemos impedi-lo. Tire essa ideia de sua cabeça.

– Que vergonha para você também, Osmond, permitir que isso aconteça sem fazer nada para impedir! – exclamou Richard, fugindo dele e avançando sobre o homem que carregava os ferros quentes. Os criados franceses não estavam muito dispostos a exercer a sua força contra o duque da Normandia, e o ataque de

Richard, apanhando o homem de surpresa, fê-lo largar a pinça. Lotário, ao mesmo tempo assustado e enfurecido, pegou-a como arma de defesa e, sem saber o que fazia, atingiu em cheio o rosto de Richard com o ferro quente. Felizmente, errou o olho, mas, ao tocar sua bochecha, queimou-o o suficiente para causar uma dor considerável. Com um grito de raiva, ele partiu para cima de Lotário, sacudiu-o com toda a força e acabou jogando-o no chão. Mas essa foi a última das façanhas de Richard, pois ele foi no mesmo momento capturado por seu escudeiro e levado dali, lutando e chutando como se Osmond fosse seu maior inimigo; mas os braços do jovem normando eram como ferro ao seu redor e ele só desistiu de lutar antes porque, naquele momento, ele ouviu um zumbido e viu o pobre falcão subindo alto, mais alto, sobre suas cabeças, em círculos cada vez menores, para longe de seus inimigos. O criado que segurava a ave relaxou o aperto devido à consternação causada pela queda de Lotário, e ela subia cada vez mais, espiando, talvez, o caminho para suas rochas nativas na Islândia, com os olhos amarelos salvos por Richard.

– Agora ele está seguro! Está salvo! – gritou Richard, alegre, e parou de lutar – Ah, como estou feliz! Aquele jovem vilão nunca deveria tê-lo machucado. Coloque-me no chão, Osmond, o que você está fazendo comigo?

– Salvando você de sua... não, não posso chamar isso de loucura, eu dificilmente teria feito você ficar parado para ver isso... mas deixe-me ver seu rosto.

– Não é nada. Não me importo agora que o falcão está seguro – disse Richard, embora mal conseguisse manter os lábios fechados e fosse obrigado a piscar com muita força para evitar as lágrimas, agora que tinha tempo para sentir a dor; mas é claro que não seria muito digno de um nórdico reclamar e ele suportou a dor galantemente e apertou os dedos com força, enquanto Osmond se ajoelhava para examinar o machucado:

– Não é nada – disse ele, falando consigo mesmo – um machucado, uma queimadura leve... gostaria que minha avó estivesse aqui... mas vai sarar logo! Muito bem, você aguentou como um pequeno guerreiro; e não é de todo ruim que você tenha uma cicatriz para mostrar, assim eles não poderão dizer que foi você quem causou todo o dano.

– Isso vai deixar uma cicatriz? – perguntou Richard. – Receio que me chamem de Richard da cicatriz na bochecha, quando voltarmos para a Normandia.

– Não importa, se o fizerem... não será uma cicatriz da qual você deva se envergonhar, mesmo que não saia mais, o que eu não acredito que vá acontecer.

– Oh, não, estou tão feliz que o galante falcão esteja fora de alcance de Lotário! – respondeu Richard, com uma voz um tanto trêmula.

– Está doendo muito? Bem, vamos lavar com água fria... ou devo levá-lo até uma das damas da rainha?

– Não, vamos pegar água – disse Richard, e foram até a fonte do pátio; mas Osmond mal começara a molhar a bochecha com a água meio fria, com uma espécie de gentileza rude, com medo de ensinar o duque a ser delicado demais ou de não ser tão delicado com ele quanto a sra. Astrida gostaria, quando um mensageiro veio às pressas do rei, ordenando a presença do duque da Normandia e seu escudeiro.

Lotário estava de pé entre seu pai e sua mãe em seu assento que era igual a um trono, encostado na rainha, que estava com o braço em volta dele; seu rosto estava vermelho e coberto de lágrimas, e ele ainda tremia com os soluços. Era evidente que estava apenas se recuperando de um ataque de choro exagerado.

– O que é isso? – começou o rei, quando Richard entrou. – O que significa essa conduta, meu Senhor da Normandia? Você sabe o que fez ao atacar o herdeiro da França? Eu poderia mandar prendê-lo neste instante em uma masmorra, onde você nunca mais veria a luz do dia.

– Então Bernard de Harcourt viria e me libertaria – respondeu Richard destemidamente.

– Como você ousa me responder, menino? Peça perdão ao príncipe Lotário imediatamente ou você se arrependerá.

– Não fiz nada para pedir perdão. Teria sido cruel e covarde da minha parte deixá-lo arrancar os olhos do pobre falcão – disse Richard, com o severo desprezo de um nórdico pela dor, desdenhando de mencionar a própria bochecha queimada, que de fato o rei pôde ver claramente.

– Olhos do falcão! – repetiu o rei – Conte a verdade, senhor duque; não acrescente mais calúnias aos seus outros erros.

– Eu disse a verdade... sempre digo! – respondeu Richard – Quem afirmar o contrário está mentindo.

Nesse momento, Osmond interveio apressadamente e pediu permissão para contar toda a história. O falcão era um pássaro valioso, e o rosto do rei Luís ficou transtornado quando ele ouviu o que Lotário havia proposto, pois o príncipe, ao contar sua história, fez parecer que Richard tinha sido o agressor ao insistir em deixar o falcão voar. Osmond terminou apontando para a marca na bochecha de Richard, uma queimadura evidente, que provava que o ferro quente havia resolvido o assunto. O rei olhou para um dos seus escudeiros e perguntou-lhe se era verdade o que ele estava ouvindo e, com alguma hesitação, o escudeiro do rei não pôde deixar de responder que era como o jovem cavalheiro de Centeville havia contado. Então Luís repreendeu furiosamente seus criados por terem ajudado o príncipe na tentativa de ferir o falcão, chamou o cuidador dos falcões e o repreendeu por não cuidar melhor de seus pássaros e saiu com ele para ver se o falcão ainda poderia ser recapturado, deixando os dois meninos sem punição e sem perdão.

– Bem, desta vez você escapou – disse Gerberge friamente, olhando para Richard – é melhor prestar atenção da próxima vez. Venha comigo, meu pobre Lotário. – Ela levou o filho para seus aposentos, e os escudeiros franceses começaram a resmungar entre si, queixando-se da impossibilidade de agradar a seus senhores, já que, se contradissessem o príncipe Lotário, ele ficaria tão rancoroso que certamente colocaria a rainha contra eles, e isso seria muito pior no final do que o descontentamento do rei. Osmond, entretanto, levou Richard para lavar o rosto, e logo Carlomano correu para prestar sua solidariedade e ficou admirado por ele não chorar e dizer que estava feliz pelo pobre falcão ter escapado.

A bochecha continuou inflamada e dolorida por algum tempo, e ficou uma cicatriz profunda por muito tempo depois de a dor já ter parado, mas Richard não se importou muito com isso, nem com a atenção do irmão mais novo e desprezou a má vontade de Lotário pelo ferimento que ele causou.

Lotário parou de zombar de Richard com seu sotaque normando e de chamá-lo de jovem rei do mar. Ele sentiu sua força e teve medo dele, mas nem por isso começou a gostar mais do menino. Ele nunca brincava com Richard de bom grado... fazia cara feia e ficava transtornado e com ciúmes, se seu pai, ou se algum dos grandes nobres prestasse a mínima atenção ao pequeno duque, e sempre que este último não estivesse ouvindo, falava contra ele com toda a sua maldade natural.

Richard também não gostava nem um pouco de Lotário, desprezava igualmente seus modos covardes e imperiosos. Desde que havia recebido o título de duque, Richard sentia-se um tanto inclinado a dar ordens, embora sempre mantendo o controle adquirido com o bom treinamento da sra. Astrida e pela autoridade do conde Bernard, e apesar de toda a sua natureza generosa, ele teria se revoltado se Alberic, ou mesmo se seu pior vassalo, fosse tratado tão mal quanto Lotário tratava as infelizes crianças que eram seus companheiros de brincadeira. Talvez isso o tenha feito olhar com grande horror para a tirania que Lotário exercia; de qualquer forma, ele aprendeu a abominar esse modo de agir ainda mais e a resolver várias situações nas quais ordens indelicadas eram dadas às pessoas e isso certamente o ajudaria quando voltasse para a Normandia. Ele interferia muitas vezes para proteger os pobres meninos, e geralmente com sucesso, pois o príncipe tinha medo de provocar outro ataque como o que Richard teve uma vez, e embora geralmente se vingasse de sua vítima no final, ele cedia por um tempo.

Carlomano, a quem Richard muitas vezes salvara da crueldade de seu irmão, agarrava-se cada vez mais a ele, ia com ele a todos os lugares, tentava fazer tudo o que ele fazia, gostava muito de Osmond e adorava sentar-se ao lado de Richard em alguma janela larga, à noite, depois do jantar, e ouvir a versão de Richard de algumas das histórias favoritas da sra. Astrida, ou ouvir a história interminável dos esportes em Centeville, ou na Torre Rollo, ou ainda decidir que grandes coisas ambos fariam quando fossem adultos e Richard governaria a Normandia... talvez poderiam ir juntos à Terra Santa e massacrar uma multidão inédita de gigantes e dragões no caminho. Nesse ínterim, porém, o pobre Carlomano deu poucas promessas de ser capaz de realizar grandes façanhas, pois era muito pequeno para sua idade e muitas vezes ficava doente, cansava com facilidade e não conseguia suportar muitas brincadeiras violentas. Richard, que nunca teve nenhum motivo para aprender a tolerar essa situação, a princípio não entendia o que acontecia e fazia Carlomano chorar várias vezes com sua aspereza e violência. Porém, esse seu comportamento o deixava sempre tão irritado que ele começou a tomar cuidado para evitar que tais coisas acontecessem novamente e, aos poucos, aprendeu a tratar seu pobre e fraco amigo com uma gentileza e paciência com as quais Osmond costumava se maravilhar, e que dificilmente teria aprendido em sua prosperidade em casa.

Portanto, vivendo com Carlomano e Osmond ele estava razoavelmente feliz em Laon, mas sentia falta de seus queridos amigos e das saudações calorosas de seus vassalos, e ansiava sinceramente ir até Rouen, perguntando a Osmond quase todas as noites quando eles poderiam voltar. A única coisa que

Osmond poderia responder é que ele deveria orar para que Deus os permitisse voltar para casa em segurança.

Osmond, entretanto, mantinha uma vigilância rigorosa para qualquer coisa que pudesse parecer ameaçar seu Senhor ou colocá-lo em perigo; mas no momento não havia nenhum sinal de qualquer intenção maléfica; o único ponto em que o rei Luís não parecia estar cumprindo suas promessas aos normandos era que os preparativos para atacar o conde de Flandres não estavam sendo feitos.

Na Páscoa, a corte foi visitada por Hugo, o branco, o grande conde de Paris, o homem mais poderoso da França, e que só foi impedido por sua lealdade e tolerância de tomar a coroa da raça débil e degenerada de Carlos Magno. Ele tinha sido um grande amigo de Guilherme Espada Longa, e Osmond comentou como, em sua chegada, o rei teve o cuidado de trazer Richard à frente, falar dele afetuosamente e acariciá-lo quase tanto quanto havia feito em Rouen. O próprio conde foi muito gentil e afetuoso com o jovem duque; ele o mantinha ao seu lado e parecia gostar de acariciar seus longos cabelos louros, olhando para seu rosto com uma expressão séria e triste, como se procurasse uma semelhança com seu pai. Ele logo perguntou sobre a cicatriz que a queimadura havia deixado, e o rei foi obrigado a responder apressadamente, que havia sido um acidente, um desastre ocorrido por causa de uma briga infantil. O rei Luís, de fato, estava inquieto e parecia observar o conde de Paris durante todo o tempo de sua visita, para impedi-lo de ter qualquer conversa em particular com os outros grandes vassalos reunidos na corte. Hugh não pareceu perceber isso e agiu como se estivesse inteiramente à vontade, mas ao mesmo tempo aproveitou a oportunidade. Uma noite, depois do jantar, ele foi até a janela onde Richard e Carlomano estavam, como sempre, absortos em contar histórias; sentou-se no assento de pedra e, colocando Richard no colo, perguntou se ele tinha alguma saudação para o conde de Harcourt.

O rosto de Richard ficou iluminado! – Oh, senhor – ele e exclamou – o senhor está indo para a Normandia?

– Ainda não, meu rapaz, mas pode ser que eu tenha de encontrar o velho Harcourt no Elmo de Gisors.

– Oh, eu gostaria muito de ir com o senhor.

– Eu gostaria de poder levá-lo, mas não posso roubar o herdeiro da Normandia. O que devo dizer a ele?

– Diga a ele – sussurrou Richard, aproximando-se do conde e tentando chegar bem perto de seu ouvido – que agora eu sinto muito por ter ficado tão chateado quando ele me repreendia. Eu sei que estava certo. E, senhor, se ele trouxer consigo um certo caçador de nariz comprido e adunco, cujo nome é Walter,[9] diga-lhe que sinto muito por ter dado ordens tão rudes a ele. E diga-lhe para apresentar minhas saudações a sra. Astrida, a Sir Eric e a Alberic.

– Devo contar a ele como você fez essa cicatriz em seu rosto?

– Não, – disse Richard – ele pensaria que sou um bebê para me preocupar com uma coisa dessas!

O conde perguntou como havia acontecido, e Richard contou a história, pois sentiu como se pudesse contar qualquer coisa ao bondoso conde. Foi quase como se na última noite ele tivesse

---

9 Em uma batalha travada com Lotário em Charmenil, Richard salvou a vida de Walter, o caçador, que estava com ele desde a juventude.

se sentado no colo do pai. Hugh terminou colocando o braço em volta dele e dizendo: – Bem, meu pequeno duque, estou tão feliz quanto você, porque o galante pássaro está seguro... será uma bela história para contar aos meus pequenos Hugh e Eumacette[10] em casa... e um dia você será amigo deles como seu pai e eu. Bem, agora deixe-me perguntar uma coisa. Você acha que seu escudeiro poderia vir ao meu quarto esta noite, quando a família estiver descansando?

Richard comprometeu-se em avisar Osmond, e o conde, colocando-o novamente no chão, voltou ao salão. Osmond, antes de ir até o conde naquela noite, ordenou que Sybald viesse e ficasse fazendo guarda na porta do quarto do duque. Foi uma conversa longa, pois Hugh viera a Laon principalmente com o propósito de ver como iam as coisas com o filho do amigo, e estava ansioso por saber o que Osmond pensava do assunto. Eles concordaram que no momento não parecia haver nenhuma intenção maliciosa e que parecia que o rei Luís desejava apenas mantê-lo refém para a tranquilidade das fronteiras da Normandia; mas Hugh aconselhou que Osmond deveria manter uma vigilância cuidadosa e enviar-lhe informações ao primeiro sinal de problemas.

Na manhã seguinte, o conde de Paris deixou Laon e tudo continuou normalmente até a festa do Pentecostes, quando sempre havia uma grande demonstração de esplendor na corte francesa. Os vassalos da coroa geralmente vinham pagar o seu dever e ir com o rei à igreja. Houve um banquete oficial, no qual

---

10 Aos 14 anos, Richard casou-se com Eumacette de Paris, então com apenas 8 anos. Hugues la Blanc tinha tanta estima por seu genro que, em seu leito de morte, confiou seu filho Hugues Capet à sua tutela, embora o duque tivesse, naquela época, pouco mais de 20 anos, propondo-o como modelo de sabedoria e de cavalaria.

o rei e a rainha usaram suas coroas, e todos sentaram-se à mesa de acordo com a grandiosidade de sua posição social.

A grande procissão até a igreja havia terminado. Richard havia caminhado com Carlomano, o príncipe ricamente vestido de azul, com bordados de flores-de-lis douradas, e Richard usando vestes de cor escarlate, com uma cruz dourada no peito; a bela cerimônia havia terminado, eles haviam retornado ao castelo, e lá o senescal estava reunindo a boa e nobre companhia para o banquete, quando se ouviram passos de cavalos no portão, anunciando alguém que tinha acabado de chegar. O senescal foi receber os convidados e logo todos o ouviram apresentando o nobre príncipe Arnulfo, conde de Flandres.

O rosto de Richard ficou pálido... ele se afastou de Carlomano, ao lado de quem estava, e saiu direto do corredor subindo as escadas, seguido de perto por Osmond. Em poucos minutos, houve uma batida na porta de seu quarto e um cavaleiro francês apareceu dizendo: – O duque não vai comparecer ao banquete?

– Não – respondeu Osmond – ele não come com o assassino de seu pai.

– O rei não vai gostar muito disso; pelo bem do menino, é melhor você tomar cuidado – disse o francês, com certa hesitação.

– É melhor ele tomar cuidado! – exclamou Osmond, indignado. – Como ele traz o traiçoeiro assassino de Guilherme Espada Longa à presença de um normando nascido livre? A menos que ele queira vê-lo morto. Se não fosse pelo menino, eu desafiaria o traidor neste instante para um combate individual.

– Bem, não posso culpá-lo, – disse o cavaleiro – mas é melhor você ter cuidado com o que faz. Até mais.

Richard mal teve tempo de expressar sua indignação e seu desejo de ser um homem, antes que outra mensagem chegasse através de um cavalariço do séquito de Lotário, de que o duque ficaria em jejum, se ele não consentisse em festejar com os outros.

– Diga ao príncipe Lotário – respondeu Richard – que não sou tão glutão quanto ele... prefiro jejuar a me engasgar por comer com Arnulf.

Durante todo o resto do dia, Richard permaneceu em seu quarto, decidido a não correr o risco de se encontrar com Arnulf. O escudeiro permaneceu com ele nessa prisão voluntária, e eles se ocuparam, da melhor maneira que puderam, em reformar a armadura de Osmond e em ajudar-se mutuamente na repetição de algumas das Sagas. Certa hora do dia, eles ouviram um grande alvoroço na corte e ambos estavam muito ansiosos para saber a causa, mas ficaram sabendo no final da tarde.

Carlomano aproximou-se deles: – Aqui estou, finalmente! – ele exclamou. – Olhe, Richard, trouxe um pedaço de pão para você, já que você não jantou, foi tudo o que pude trazer. Guardei-o debaixo da mesa para que Lotário não visse.

Richard agradeceu a Carlomano de todo o coração e, como estava com muita fome, ficou feliz em dividir o pão com Osmond. Ele perguntou quanto tempo o malvado conde iria ficar e alegrou-se ao saber que partiria na manhã seguinte e que o rei iria com ele.

– O que foi todo aquele grande barulho na corte? – perguntou Richard.

– Eu preferiria não lhe contar – respondeu Carlomano.

Richard, porém, implorou para que ele contasse tudo, e Carlomano foi obrigado a contar que os dois cavalariços normandos, Sybald e Henry, haviam brigado com os flamengos do séquito de Arnulfo; houve uma briga que terminou com a morte de três flamengos, um francês e do próprio Sybald. E onde estava Henry? Infelizmente as notícias não eram boas, o rei condenou Henry à morte, e ele foi enforcado imediatamente.

O rosto do jovem Richard ficou abatido com tanta raiva e tristeza; ele gostava de seus dois criados normandos, confiava neles e de qualquer forma teria chorado por sua perda, mesmo que fossem culpados. Mas pensar que a briga foi causada pela inimizade deles com os inimigos de seu pai, os flamengos, que um deles caiu esmagado pela maioria e que o outro foi condenado precipitadamente, de modo cruel e injusto, isso era demais, e ele quase não conseguiu suportar tanta tristeza e indignação. Por que ele não estava lá para reivindicar que Henry era seu vassalo e, se não pudesse salvá-lo, pelo menos despedir-se dele? Ele poderia ter explodido em ameaças furiosas, mas sentiu seu desamparo e ficou envergonhado, e só conseguiu derramar lágrimas de angústia, recusando todas as tentativas de Carlomano para confortá-lo. Osmond ficou ainda mais preocupado; ele valorizava extremamente os dois normandos por sua coragem e fidelidade, e contava com o envio de inteligência por meio deles para Rouen, em caso de necessidade. Ele tinha a impressão de que eles haviam aproveitado a primeira oportunidade de eliminar esses protetores do pequeno duque, era como se os planos, quaisquer que fossem, que haviam sido elaborados contra ele, estavam prestes a entrar em vigor. Não tinha dúvidas de que seria o próximo da lista, mas estava decidido a suportar qualquer coisa, para não dar a menor oportunidade de tirá-lo do caminho, a suportar até mesmo os insultos com paciência, pois sabia muito bem que sob seus cuidados estava a única esperança de segurança para seu protegido.

O perigo que se formava rapidamente em torno deles tornou-se mais evidente a cada dia, especialmente depois que o rei e Arnulfo partiram juntos. O tempo estava muito quente e Richard começou a ficar cansado depois do rio largo e fresco em Rouen, onde costumava tomar banho no verão passado; e uma noite ele convenceu seu escudeiro a descer com ele até o rio Oise, que corria ao longo de uma campina aproximadamente a quatrocentos metros do castelo; mas mal haviam partido quando três ou quatro atendentes vieram correndo atrás deles, com ordens expressas da rainha para que retornassem imediatamente. Eles obedeceram e a encontraram parada no salão do castelo, parecendo muito indignada.

– O que significa isso? – ela perguntou, com raiva – Vocês não sabiam que o rei deixou ordens expressas para que o duque não saia do castelo em sua ausência?

– Eu só estava indo até o rio... – começou Richard, mas Gerberge o interrompeu:

– Fique quieto, menino. Não quero ouvir desculpas. Talvez você pense, Senhor de Centeville, que pode tomar liberdades na ausência do rei, mas eu lhe digo que se for encontrado novamente fora dos muros, será por sua conta e risco; sim, e dele! Vou arrancar seus olhos altivos se você desobedecer!

Ela se virou e Lotário olhou para eles com seu ar de malícia satisfeita e disse: – Você não vai dominar seus superiores por muito mais tempo, jovem pirata! – enquanto seguia a mãe, com medo de ficar para enfrentar a raiva que poderia ter provocado com sua afirmação, mas não podia negar a si mesmo o prazer de fazê-lo. Porém Richard, que seis meses atrás não tolerava uma ligeira decepção ou oposição, aprendeu, em sua vida atual de contenção, perigo e aborrecimento, a conter o primeiro acesso de raiva e a suportar pacientemente, em vez de explodir de raiva e ameaças, e agora seu único pensamento era em seu amado escudeiro.

– Oh, Osmond! Osmond! – ele exclamou – eles não farão mal a você. Eu não vou sair mais do castelo. Nunca direi outra palavra precipitada. Não vou mais afrontar o príncipe, assim você sempre estará comigo!"

CAPÍTULO VIII

Era uma bela noite de verão. Richard e Carlomano estavam jogando bola nos degraus do portão do castelo quando ouviram uma voz lá de baixo, pedindo esmolas aos nobres príncipes em nome da Santíssima Virgem. Os dois meninos viram um peregrino parado no portão, envolto em uma longa túnica de sarja, com um cajado na mão, carregando uma cruz, um alforje no cinto e um chapéu de aba bem larga, que ele havia tirado, enquanto estava parado fazendo reverências e pedindo caridade.

– Entre, santo peregrino – disse Carlomano – Já é tarde e você deve jantar e descansar aqui esta noite.

– Que Deus o abençoe, nobre príncipe – respondeu o peregrino, e naquele momento Richard gritou com alegria: – Um normando, um normando! Ele fala nossa língua! Você é da Normandia? Osmond, Osmond! Ele vem da nossa terra!

– Meu Senhor! Meu querido Senhor! – exclamou o peregrino e, ajoelhando-se ao pé da escada, beijou a mão que seu jovem duque lhe estendia: – Esta é uma alegria inesperada!

– Walter! Walter, o caçador! – gritou Richard. – É você? Ora, como está a sra. Astrida e todos em nossa casa?

– Estão bem, meu Senhor, todos querendo muito saber como o senhor está... – começou Walter – mas de trás do peregrino surgiu alguém falando em um tom muito diferente: – O que é tudo isso? Quem está impedindo meu caminho? Mas o que é isso?! Richard foi consagrado rei e eu não fui convidado? Quanta insolência! Era Lotário, retornando da perseguição com seus acompanhantes, com um humor nada amigável, pois estava decepcionado com sua caçada.

– Ele é um normando... um vassalo de Richard – disse Carlomano.

– Um normando, não é? Achei que tínhamos nos livrado dos ladrões! Não queremos ladrões aqui! Pode açoitá-lo sem dó, Perron, e ensine-o a não impedir meu caminho!

– Ele é um peregrino, meu Senhor – sugeriu um dos seguidores.

– Eu não me importo; não permitirei que nenhum normando venha aqui espionar disfarçado. Açoite-o, estou mandando, ele não é ninguém importante! Levem-no daqui! É um espião, um espião!

– Nenhum normando será açoitado na minha frente! – disse Richard, atirando-se na frente e ficando entre Walter e o lenhador, que se preparava para obedecer a Lotário. A corante tira de couro do chicote atingiu em cheio o pescoço de Richard, deixando a marca de uma longa faixa vermelha. Lotário caiu na gargalhada.

– Meu senhor duque! O que é que o senhor fez? Oh, por favor, o senhor precisa sair daqui, eu mereço isso! – gritou Walter, extremamente angustiado; mas Richard agarrou o chicote e gritou: – Vá embora, para longe, corra! Corra! Depressa, depressa! – e as palavras foram repetidas imediatamente por Osmond, Carlomano e muitos franceses, que, embora tivessem medo de desobedecer ao príncipe, não estavam dispostos a violar a santidade de um peregrino; e o normando, vendo que não havia como evitar, obedeceu. Os franceses abriram caminho e ele fugiu; enquanto Lotário, depois de muita tempestade e fúria, foi até sua mãe para gabar-se de sua inteligência em detectar um espião normando disfarçado.

Lotário não estava totalmente errado. Walter realmente veio para se certificar da segurança do pequeno duque e tentar conversar com Osmond. Nesse último propósito ele falhou, embora tenha permanecido nas vizinhanças de Laon por vários dias, porém Osmond não deixou o duque nem por um instante, e ele era, como ficou comprovado, um prisioneiro também, igual em tudo menos no nome, dentro das muralhas do castelo. O peregrino teve, no entanto, a oportunidade de colher notícias que o fizeram perceber o verdadeiro estado das coisas: soube das mortes de Sybald e Henrique, da aliança entre o rei e Arnulfo, e a contenção e dureza com que o duque foi tratado. Com essas informações ele voltou às pressas para a Normandia.

Logo após sua chegada, seguiu-se um jejum de três dias em todo o ducado, e em todas as igrejas, desde a Catedral de Bayeux até o menor e mais rude santuário da aldeia, multidões de fiéis estavam ajoelhadas, implorando, muitos deles com lágrimas, que Deus cuidasse deles em Sua misericórdia, os trouxessem de volta ao principado e livrasse o menino das mãos de seus inimigos. Pode-se muito bem imaginar quão sinceras e tristes foram as orações oferecidas em Centeville; e em Montemar sur Epte a ansiedade não era menor. Na verdade, desde o momento em que chegaram as más notícias, Alberic ficou tão inquieto e infeliz, e tão ansioso por fazer alguma coisa, que finalmente a sua mãe partiu com ele numa peregrinação à Abadia de Jumièges, para rezar pelo resgate do seu querido pequeno duque.

Nesse ínterim, o rei Luís notificou Laon de que deveria voltar para casa dentro de uma semana; e Richard alegrou-se com a perspectiva, pois o rei sempre fora menos cruel com ele do que a rainha, e esperava ser libertado de seu cativeiro dentro do castelo. Justamente nessa época ele ficou muito doente. Talvez fosse apenas o efeito da vida de confinamento incomum que estava levando ultimamente que começava a afetar sua saúde; mas, depois de sentir-se muito cansado e desconfortável por um ou dois dias, sem saber o que havia com ele, uma noite foi acometido por uma febre alta.

Osmond ficou terrivelmente alarmado porque não sabia absolutamente nada sobre como tratar o menino e, o que era pior, estava totalmente convencido de que a pobre criança havia sido envenenada. Portanto, resolveu não pedir ajuda e ficou vigiando o menino a noite toda, esperando a cada momento vê-lo expirar... pronto para arrancar os cabelos com desespero e fúria, e ainda assim obrigado a se conter com a maior quietude e gentileza, para acalmar o sofrimento da criança doente.

Durante aquela noite, Richard revirou-se na cama estreita ou, quando ficava inquieto para mudar de posição, sentava-se, apoiando a cabeça dolorida no peito de Osmond, oprimido e infeliz demais para falar ou pensar. Quando o dia amanheceu, e ele ainda estava doente demais para sair do quarto, mensageiros foram enviados para buscá-lo, e Osmond não conseguiu mais esconder o fato de sua doença, mas ficou à porta negociando, mantendo do lado de fora todos que podia e recusando todas as ofertas de participação. Ele nem sequer permitia a presença de Carlomano, embora Richard, ouvindo sua voz, implorasse para vê-lo; e quando a Rainha enviou uma proposta de chamar uma enfermeira velha e habilidosa para visitá-lo e prescrever um remédio para o paciente, ele recusou com todas as suas forças, e quando fechou a porta, andou de um lado para o outro, murmurando: – Sim, sim, a bruxa! Quer vir aqui para terminar o que ela começou!

Durante todo aquele dia e no seguinte, Richard continuou muito doente, e Osmond cuidou dele com muita assiduidade, nunca fechando os olhos por um momento, mas constantemente fazendo suas orações sempre que o menino não precisava de sua presença. Por fim, Richard adormeceu, dormiu longa e profundamente durante algumas horas e acordou muito melhor. Osmond estava cheio de felicidade: – Graças aos Céus, eles falharam desta vez, mas nunca mais terão outra chance! Que Deus ainda esteja conosco e nos proteja! – Richard estava fraco e cansado demais para perguntar o que ele queria dizer e, durante os dias seguintes, Osmond cuidou dele com o máximo cuidado. Quanto à comida, agora que Richard podia comer de novo, Osmond não deixava que ele nem tocasse no que lhe era enviado da mesa real, mas sempre descia para buscar comida na cozinha, onde dizia ter um amigo entre os cozinheiros que, pensou ele, dificilmente o envenenaria intencionalmente. Quando Richard conseguia andar pelo quarto, insistia em sempre trancar a porta com a adaga e nunca atendia a nenhum chamado que não fosse o seu, nem mesmo a do príncipe Carlomano. Richard queria saber a razão, mas era obrigado a obedecer. Ele sabia de todos os perigos que o cercavam e percebeu que a cautela de Osmond era justificável.

Assim, vários dias se passaram, o rei retornou, e Richard tinha se recuperado tão bem que estava muito ansioso para descer novamente as escadas, em vez de permanecer ali trancado; mas ainda assim Osmond não consentiu, embora Richard não tivesse feito nada durante todo o dia a não ser andar pelo quarto, para mostrar o quão forte ele era.

– Agora, meu Senhor, fique de olho na porta... tome cuidado – disse Osmond – você não tem nada a perder hoje, pois o rei trouxe para o castelo Herluin de Montreuil um homem que você não faria questão nenhuma de conhecer, pois ele é igual ao assassino de seu pai. Faça suas orações enquanto eu estiver fora, para que os santos possam nos proteger dos perigos.

Osmond esteve ausente por quase meia hora e, quando voltou, trouxe nos ombros um enorme feixe de palha. – Para que serve isso? – exclamou Richard – Eu queria meu jantar, e você trouxe palha!

– Aqui está o seu jantar – disse Osmond, jogando a palha no chão e pegando um saco com pão e carne. – O que você diria, meu senhor, se pudéssemos jantar na Normandia amanhã à noite?

– Na Normandia? – gritou Richard, levantando-se e batendo palmas. – Na Normandia! Oh, Osmond, você disse na Normandia? Vamos, vamos mesmo? Ah, que alegria! Como estou feliz! O conde Bernard veio? O rei nos deixará partir?

– Fale baixo! Fale baixo, senhor! Nós iremos sozinhos, mas tudo pode dar errado se você não fizer silêncio e for prudente. Podemos ser descobertos.

– Farei qualquer coisa para estar em casa novamente!

– Coma primeiro – disse Osmond.

– Mas o que você vai fazer? É lógico que não serei tão tolo quanto fui quando você tentou me tirar da Torre de Rollo em segurança. Mas eu gostaria de dizer adeus a Carlomano.

– Isso não pode ser – respondeu Osmond – Não teríamos tempo de fugir, se ainda não acreditarem que você ainda está muito doente na cama.

– Sinto muito em não poder dizer adeus a Carlomano – repetiu Richard – mas fico feliz só de pensar em ver a sra. Astrida e Sir Eric novamente; e Alberic pode voltar a morar conosco! Ah, nós temos de conseguir! Que saudade da minha Normandia, minha querida Normandia!

Richard mal conseguia comer de tanta excitação, enquanto Osmond fazia seus preparativos com pressa, cingindo sua espada e dando a Richard sua adaga para ele colocar no cinto. Ele colocou o restante das provisões em sua pequena bolsa, jogou um grosso manto de pano roxo sobre o duque e então pediu a ele que se deitasse na palha que havia trazido. – Vou esconder você dentro dela – disse Osmond – e carregá-lo pelo corredor, como se fosse alimentar meu cavalo.

– Ora, eles nunca vão adivinhar! – exclamou Richard, sorrindo – Ficarei bem quieto... não farei barulho... prenderei a respiração.

– Sim, lembre-se de não mover as mãos nem os pés, nem farfalhar a palha. Não é uma brincadeira... é vida ou morte –

disse Osmond, enquanto arrumava a palha em volta do menino.
– Pronto, você consegue respirar?

– Sim – respondeu Richard lá no meio da palha – Estou bem escondido?

– Totalmente. Agora, lembre-se, aconteça o que acontecer, não se mova. Que o Céu nos proteja! Que os Santos estejam conosco!

Richard, de dentro da palha, ouviu Osmond abrir a porta; então ele sentiu quando foi erguido do chão; Osmond o carregava escada abaixo, as pontas da palha esmagando e varrendo a parede. O único caminho para a porta externa era através do corredor, e ali estava o perigo. Richard ouviu vozes, passos, cantos altos e risadas, como se um banquete estivesse acontecendo; então alguém disse: – Cuidando do seu cavalo, senhor de Centeville?

– Sim – respondeu Osmond. – Você sabe como é, desde que perdemos nossos servos, o pobre animal fica sem comer se eu não cuidar dele.

Logo veio a voz de Carlomano: – Oi, Osmond de Centeville! Richard está melhor?

– Está melhor, meu senhor, obrigado, mas não totalmente fora de perigo.

– Ah, eu queria que ele já estivesse bem! E quando você vai me deixar visitá-lo, Osmond? Na verdade, eu posso ficar bem quietinho para não incomodá-lo.

– Agora ainda não é possível, meu senhor, embora o duque goste muito do senhor... ele me disse isso.

– Ele disse isso? Ah, diga a ele que gosto muito dele também...

mais do que qualquer um aqui... e que é muito chato ficar sem ele. Diga isso a ele, Osmond.

Richard queria muito falar com seu querido Carlomano; mas lembrou-se do perigo que os olhos de Osmond representavam e da ameaça da rainha, e manteve-se calado, sem ter a mais vaga noção de que um dia ele anunciaria Carlomano como rei de França. Entretanto, meio sufocado pela palha, sentiu-se arrastado escada abaixo, atravessando o pátio; e então ele soube, pela escuridão e pelo som alterado dos passos de Osmond, que estavam no estábulo. Osmond o deitou cuidadosamente e sussurrou: – Até agora está tudo bem. Você consegue respirar?

– Não muito bem. Você não pode me deixar sair?

– Ainda não... pelo amor de Deus. Agora me diga se estou colocando você de bruços, pois não consigo ver nada.

Ele colocou a pilha viva de palha sobre a sela, amarrou-a e depois conduziu o cavalo, olhando ao redor com cautela; mas todo o povo do castelo estava festejando e não havia ninguém para vigiar os portões. Richard ouviu o som oco dos cascos quando a ponte levadiça foi atravessada e soube que estava livre; mas ainda assim Osmond manteve o braço sobre ele e não o deixou se mover, por alguma distância. Então, no momento em que Richard sentiu que não conseguiria suportar mais o sufocamento da palha e sua posição desconfortável, Osmond parou o cavalo, desceu-o, deitou-o na grama e soltou-o. Ele olhou ao redor, percebeu que estavam em um pequeno bosque, o crepúsculo da noite estava chegando, e os pássaros cantavam docemente.

– Livre! Livre! Finalmente a liberdade! – exclamou Richard,

saltando na deliciosa brisa fresca da noite – livres da rainha e de Lotário, e daquele quarto sombrio, tudo ficou para trás.

– Ainda não – disse Osmond – o senhor não deve se considerar seguro até que Epte esteja entre nós e eles. Para a sela, meu senhor, precisamos cavalgar por nossas vidas.

Osmond ajudou o duque a montar e saltou para a sela atrás dele, bateu no cavalo com as esporas e seguiu em frente em passo rápido, embora não a toda velocidade, pois desejava poupar o cavalo. O crepúsculo desapareceu, as estrelas apareceram, e ele ainda cavalgava, com o braço em volta da criança, que, à medida que a noite avançava, ficava cansada e muitas vezes mergulhava em um cochilo, consciente o tempo todo do trote do cavalo. Mas cada passo os afastava da rainha Gerberge e os levava mais perto da Normandia; quem lembraria do cansaço? Continuaram e seguiram o caminho; as estrelas tornaram-se pálidas novamente e a primeira luz rosada do amanhecer apareceu no céu oriental; o sol nasceu, subiu cada vez mais alto, e o dia ficou mais quente; o cavalo foi mais devagar, tropeçou e, embora Osmond tenha parado e afrouxado a cilha, ele apenas melhorou o passo por algum tempo.

Osmond parecia terrivelmente atordoado, mas não tinham ido muito mais longe quando um grupo de mercadores apareceu, serpenteando em seu caminho com uma longa caravana de mulas carregadas e homens robustos para protegê-los, através das planícies, como uma caravana oriental no deserto. Eles olharam surpresos para o jovem e alto normando que segurava a criança no cavalo de guerra exaurido.

– Senhor mercador – disse Osmond ao primeiro – vê este corcel? Cavalo melhor nunca foi montado, mas ele está extremamente exausto e precisamos acelerar. Seria possível trocá-lo com o senhor por aquele cavalo robusto. Ele vale o dobro, mas não posso parar de cavalgar... aceita a proposta?

O mercador, vendo o valor do galante cavalo preto de Osmond, aceitou a oferta; e Osmond removeu a sela e colocou Richard em seu novo corcel, novamente montado, e seguiram pela região que o olho de Osmond havia marcado com a sagacidade que os homens adquirem por viver em lugares selvagens e inquietos. Os grandes pântanos eram agora muito menos perigosos do que no inverno, e eles os atravessaram com segurança. Ainda não haviam começado a perseguição, e o único medo de Osmond era pelo seu pequeno pupilo que, não tendo recuperado todas as forças desde a doença, começou a sofrer com a fadiga causada pelo calor daquele dia escaldante de verão, e encostou-se em Osmond pacientemente, mas muito cansado, sem se mover ou olhar para cima. Ele se recuperou um pouco quando o sol se pôs e uma brisa fresca soprou, o que refrescou muito o próprio Osmond. O escudeiro sentiu-se ainda mais revigorado ao ver, finalmente, serpenteando pelas pastagens verdes, um rio azul, na margem oposta, do qual se erguia um alto monte rochoso, sustentando um castelo com muitas torres e ameias.

– O Epte! O Epte! Lá está a Normandia, senhor! Olhe para cima e veja todo o seu ducado.

– Normandia! – gritou Richard, sentando-se direito – Que maravilha, minha casa! – Ainda assim, o Epte era amplo e profundo, e o perigo ainda não havia terminado. Osmond olhou ansioso e se alegrou ao ver marcas de gado, isso significava que haviam atravessado por ali.

– Precisamos tentar – disse ele, e depois de desmontar, entrou, conduzindo o cavalo e segurando Richard firmemente na sela. Eles foram entrando até o fundo, a água subiu até os pés de Richard e depois até o pescoço do cavalo. O cavalo estava nadando, e Osmond também, ainda mantendo o controle firme; então veio um terreno mais firme, a força da corrente diminuiu e eles começaram a chegar perto da margem. Naquele instante, porém, perceberam dois homens do castelo apontando para eles com arcos e flechas, e outro parado na margem acima deles que gritou: – Esperem! Ninguém passa pela fortaleza de Montemar sem a permissão da nobre dama Yolande.

– Ah! Bertrand, o senescal, é você? – retornou Osmond.

– Quem me chama pelo meu nome? – respondeu o senescal.

– Sou eu, Osmond de Centeville. Abra seus portões rapidamente, senhor senescal, pois aqui está o duque, necessitando desesperadamente de descanso e refresco.

– O duque! – exclamou Bertrand, correndo até o local onde eles estavam saindo do rio e tirando o chapéu. – O duque! O duque! – soou o grito dos soldados nas ameias acima, e no instante seguinte Osmond tirou o cavalo da água e exclamou: – Olhe para cima, meu Senhor, olhe para cima! Você está novamente em seu ducado, e este é o castelo de Alberic.

– Bem-vindo, nobre lorde duque! Que Deus o abençoe! – exclamou o senescal. – Que alegria será para minha Senhora e meu jovem Senhor!

– Ele está exausto – disse Osmond, olhando com certo desespero para Richard que, mesmo diante dos gritos de boas-vindas que mostravam tão claramente que ele estava em sua terra, a Normandia, mal se levantou ou falou – Ele estava muito doente antes de partirmos. Tenho quase certeza de que eles tentaram envenená-lo, então prometi a mim mesmo que não permaneceria em Laon nem mais um minuto depois que ele estivesse em condições de se mover. Vamos, anime-se, meu Senhor, você está seguro e livre agora, e aqui temos a boa dama de Montemar para cuidar de você, muito melhor do que um rude escudeiro como eu.

– Infelizmente, não! – disse o senescal – Nossa dama partiu com o jovem Alberic em peregrinação a Jumièges para rezar pela segurança do duque. Que alegria para eles saberem que suas orações foram atendidas!

Osmond, no entanto, dificilmente poderia se alegrar, tão alarmado estava com o extremo cansaço e exaustão de seu Senhor que, quando o trouxeram para o salão do castelo, mal falava ou olhava, e não conseguia comer. Eles o carregaram até a cama de Alberic, onde ele se revirou inquieto, cansado demais para dormir.

– Que tristeza! Que tristeza! – disse Osmond – Fui muito precipitado. Apenas o salvei dos franceses para ver sua morte causada por minha imprudência.

– Não diga uma coisa dessas, senhor de Centeville! – respondeu a esposa do senescal, entrando no quarto – Na realidade, falar dessa maneira é chamar a morte dele. Deixe a criança comigo... ele está apenas exausto.

Osmond tinha certeza de que seu duque estava entre amigos

e ficou feliz em confiá-lo a uma mulher; porém para Richard só restava um instinto em toda a sua fraqueza e exaustão: agarrar-se a Osmond, como se fosse seu único amigo e protetor, pois ele ainda estava muito cansado para compreender que estava na Normandia e em segurança. Por duas ou três horas, portanto, Osmond e a esposa do senescal ficaram observando-o, um de cada lado da cama, acalmando sua inquietação, até que finalmente ele ficou quieto e adormeceu profundamente.

O sol estava alto no céu quando Richard acordou. Ele olhou a cama cheia de palha, olhou para cima, não viu as paredes forradas de tapeçaria de seu quarto em Laon, mas a pedra áspera e a janela alta e aberta de um quarto na torre. Osmond de Centeville estava deitado no chão ao seu lado, no sono profundo de alguém vencido por longa vigilância e cansaço. E o que mais Richard viu?

Era o rosto alegre e os olhos brilhantes de Alberic de Montemar, que estava encostado aos pés da cama, olhando com atenção, enquanto o esperava acordar. Eles gritaram juntos: "Alberic! Alberic!", "Meu Senhor! Meu Senhor!". Richard sentou-se e estendeu os dois braços, e Alberic se jogou neles. Eles se abraçaram, fizeram exclamações entrecortadas e deram gritos de alegria, o suficiente para acordar qualquer pessoa que estivesse dormindo, exceto alguém tão cansado quanto Osmond.

– É verdade mesmo? Ah, estou realmente na Normandia de novo? – gritou Richard.

– Sim, sim! É verdade, meu Senhor! Você está em Montemar. Tudo aqui é seu. O falcão-de-cauda-barrada está muito bem, e minha mãe estará aqui esta noite; ela me deixou cavalgar até aqui no instante em que recebemos a notícia.

— Cavalgamos muito e até tarde da noite, e eu fiquei muito cansado – disse Richard – mas eu não me importo, agora estamos em casa. Nem acredito que é verdade! Oh, Alberic, foi tudo muito triste!

— Olhe aqui, meu Senhor! – disse Alberic, parado junto à janela – Olhe aqui e você terá a certeza de que está em casa de novo!

Richard saltou até a janela e que visão maravilhosa seus olhos tiveram! A corte do castelo estava repleta de soldados e cavalos, o sol da manhã brilhando em muitas cotas de malhas polidas e capacetes altos e cônicos, e acima deles tremulavam muitos estandartes e bandeiras que Richard conhecia muito bem. – Ali! Ali! – ele gritou em voz bem alta e com muita alegria. – Olhe! Lá está a ferradura de Ferrières! E ali as damas de Warenne! Ah, e a melhor de todas... nossa bandeira vermelha de Centeville! Olhe Alberic! Alberic! Sir Eric está aqui? Eu preciso falar com ele!

— Bertrand mandou avisar a todos, assim que você chegou, para virem proteger nosso castelo – disse Alberic – para que os franceses não os perseguissem até aqui. Você está seguro agora... protegido pelas lanças normandas... graças a Deus!

— Sim, graças a Deus! – disse Richard, fazendo o sinal da cruz e ajoelhando-se reverentemente por alguns minutos, enquanto repetia sua oração em latim; então, levantando-se e olhando para Alberic, disse: – Devo agradecer a Deus, de fato, porque Ele salvou Osmond e a mim dos cruéis rei e rainha, e agora quero tentar ser um menino menos impetuoso e autoritário do que eu era quando saí daqui. Jurei que seria uma pessoa melhor se algum dia pudesse voltar. Pobre Osmond, como ele dorme profundamente! Venha, Alberic, leve-me até Sir Eric!

E, segurando a mão de Alberic, Richard saiu do quarto e desceu as escadas até o salão do castelo. Muitos dos cavaleiros e barões normandos, em armadura completa, estavam reunidos ali; mas Richard procurou apenas um. Ele conhecia os cabelos grisalhos de Sir Eric e a armadura azul toda decorada, embora estivesse de costas para ele, e em um instante, antes que percebessem sua entrada, saltou em direção a Sir Eric, com os braços estendidos, exclamou: – Sir Eric... querido Sir Eric, estou aqui! Osmond está a salvo! E a sra. Astrida, ela está bem?

O velho barão virou-se e exclamou: – Meu filho! – apertando-o em seus braços, enquanto as lágrimas escorriam por seu rosto enrugado – Bendito seja Deus por você estar seguro e por meu filho ter cumprido seu dever!

– E a sra. Astrida está bem?

– Sim, muito bem, agora que ela já ouviu a notícia de que você está em segurança. Mas olhe ao redor, meu senhor; não convém a um duque agarrar-se assim ao pescoço de um velho. Veja quantos dos seus verdadeiros vassalos estão aqui para protegê-lo dos vilões franceses.

Richard levantou-se e estendeu a mão, curvando-se cortesmente e agradecendo as saudações de cada barão que estava ali, com uma graça e prontidão que certamente não tinha quando deixou a Normandia. Ele também estava mais alto, e embora ainda pálido, e não vestido com muito cuidado (já que ele se apressou em se vestir só com a ajuda de Alberic), com seu cabelo todo sujo e desgrenhado, a cicatriz da queimadura ainda bem presente em sua bochecha... mesmo assim, com seus olhos azuis brilhantes, rosto alegre e forma ereta, ele já parecia um príncipe promissor, e os cavaleiros normandos olharam para ele com orgulho e alegria, mais especialmente quando, espontaneamente, ele disse: – Obrigado, galantes cavaleiros, por virem até aqui para me proteger. Não tenho medo do exército francês, agora que estou entre meus verdadeiros irmãos normandos.

Sir Eric conduziu-o até a porta do salão no topo da escada, para que os soldados pudessem vê-lo; e então deram um grito, dizendo "Viva o duque Richard!" e "Bênçãos para o jovem duque!" que ecoou pelas colinas ao redor... ressoou na velha torre... despertou Osmond de seu sono e fez Richard sentir que ele estava de fato em uma terra onde cada coração sentia um amor leal por ele.

Antes que parassem de comemorar, ouviu-se uma corneta serpenteando diante do portão e Sir Eric disse: – É o anúncio do conde de Harcourt – e enviou Bertrand para abrir os portões às pressas, enquanto Alberic o seguia, como senhor do castelo, para receber o conde.

O velho conde entrou no pátio e chegou ao pé da escada, onde desceu do cavalo, com Alberic segurando o estribo. Ele não havia subido muitos passos quando Richard veio voluntariamente ao seu encontro (o que nunca havia acontecido antes), estendeu a mão e disse: – Bem-vindo, conde Bernard, bem-vindo. Obrigado por ter vindo me proteger. Estou muito feliz em ver o senhor novamente.

– Ah, meu jovem Senhor – disse Bernard – estou muito feliz em vê-lo fora das garras dos franceses! Acho que agora você consegue distinguir amigo de inimigo!

– Sim, realmente consigo, conde Bernard. Sei que o senhor foi gentil comigo e que eu deveria ter agradecido e não ficado zangado quando me repreendeu. Espere um momento, senhor conde; há uma coisa que prometi a mim mesmo dizer se algum dia chegasse em segurança à minha querida casa. Walter, Maurice, Jeannot, todos vocês da minha casa e de Sir Eric, eu sei que, antes de partir, muitas vezes não fui um bom senhor para vocês. Eu era impetuoso, orgulhoso e autoritário; mas Deus me puniu por isso, quando eu estava longe, entre meus inimigos, doente e solitário. Sinto muito por isso e espero que todos vocês me perdoem, pois estou me esforçando para melhorar e espero que Deus me ajude a nunca mais ser orgulhoso nem impetuoso.

– Pronto, Sir Eric – disse Bernard – ouviu o que o menino disse. Se ele afirma isso de forma tão ousada e livre, sem nenhuma obrigação, e se acredita no que diz, tenho certeza de que isso se deve à sua viagem à França, e que o veremos, em todas as situações, ser um príncipe tão maravilhoso quanto foi seu pai, de quem jamais esqueceremos.

– Vocês devem agradecer a Osmond por ter cuidado de mim – disse Richard, quando Osmond desceu, finalmente acordado. – Foi Osmond quem me ajudou a suportar meus problemas; e quanto a me salvar, digo que ele voou comigo como uma velha águia com seu filhote. Osmond, vou lhe dizer uma coisa: você deve sempre usar um par de asas no escudo e no pendão, para mostrar quão bem administramos nosso voo.[11]

– Como quiser, meu senhor – disse Osmond, meio adormecido – mas foi um voo longo e demorado, e espero nunca mais ter de voar diante de seus inimigos nem dos meus novamente.

---

11 "Desenho do brasão, duas asas unidas uma à outra" é o casaco original de St. Maur, ou Seymour, considerado descendente de Osmond de Centeville, que os assumiu em homenagem à sua fuga com o duque Richard. Seus descendentes diretos na Normandia foram os marqueses de Osmond, cujos braços eram representados por duas asas. Em 1789, havia dois sobreviventes da linhagem de Centeville, um cônego de Notre Dame, o outro um cavaleiro de St. Louis, que morreu sem filhos.

Aquele foi um dia de verão muito feliz! As três horas passadas em conselho serviram para renovar o prazer com que Richard visitou os tesouros de Alberic, contou as suas aventuras e mostrou as realizações que aprendera em Laon. A noite foi ainda mais alegre, pois as portas do castelo foram abertas, primeiro para receber a dama Yolande Montemar, e menos de quinze minutos depois, a ponte levadiça foi baixada para receber os seguidores de Centeville; e na frente deles apareceu o chapéu alto da sra. Astrida. Richard apenas pulou em seus braços e foi apertado contra seu peito; depois ela o afastou um pouco para que pudesse ver o quanto ele estava crescido e observar com tristeza sua cicatriz. Em seguida, eles se abraçaram mais forte do que nunca; porém, dando outra olhada, ela disse que Osmond tinha deixado o cabelo de Richard igual ao do rei Harald;[12] e, tirando um pente de marfim da bolsa, começou a arrancar os grossos emaranhados, machucando-o a tal ponto que outrora o teria deixado irritado, mas agora ele apenas a acariciava com mais intensidade.

Quanto a Osmond, quando ele se ajoelhou diante dela, ela o abençoou, chorou por ele e o culpou por deixar seu menino cansado demais, tudo ao mesmo tempo; e certamente, quando a noite chegou e Richard, como antigamente, fez suas orações ajoelhado ao lado dela, o menino mais feliz da Normandia era o jovem duque.

---

12 Harald da Noruega jurou nunca cortar o cabelo até se tornar o único rei do país. A guerra durou dez anos, e ele poderia muito bem vir a merecer o título de Harald dos Belos Cabelos, que foi mudado para Harfagre, ou o Louro, quando ele comemorou sua vitória final com um banho em Möre e deixou seu cabelo ser cortado e arrumado por seu amigo Jarl Rognwald, pai de Rollo.

CAPÍTULO IX

Montemar ficava muito perto da fronteira para ser uma morada segura para o pequeno duque, e seu tio, o conde Hubert de Senlis, concordou com Bernard, o dinamarquês, que ele estaria mais seguro para além dos limites do próprio ducado, que provavelmente em breve seria o cenário da guerra; e, totalmente contra a sua vontade, ele foi enviado em segredo, sob forte escolta, primeiro para o castelo de Coucy e depois para Senlis.

Seu consolo foi que ele não se separou novamente de seus amigos; Alberic, Sir Eric e até a sra. Astrida o acompanharam, assim como seu fiel escudeiro, Osmond. Na verdade, o barão não permitia de modo algum que ele ficasse fora de vista. Era observado com tanto cuidado, que podia-se dizer que estava em um cativeiro. Nunca, nem mesmo nos dias de verão, lhe era permitido ultrapassar as muralhas do castelo; e seus guardiões sabiam muito bem que o castelo nunca tivera um hóspede tão especial assim.

Osmond não lhe dedicava tanto tempo como de costume, mas estava sempre trabalhando na forja do armeiro... um cômodo baixo e abobadado que dava para o pátio do castelo. Richard e

Alberic estavam muito curiosos para saber o que ele fazia ali; mas ele trancou a porta com uma barra de ferro, e eles foram obrigados a contentar-se em ouvir os golpes do martelo, acompanhando a voz que cantava, alta e alegremente, a canção "A espada de Sigurd, e a donzela dormindo dentro do anel de chamas". A sra. Astrida disse que Osmond estava certo porque nenhum bom ferreiro trabalhava com portas abertas; e quando os meninos lhe faziam perguntas sobre seu trabalho, ele apenas sorria e dizia que eles veriam o que era quando chegasse o tempo certo.

Eles pensaram que estava próximo, pois chegou a notícia de que o rei Luís havia reunido seu exército e marchado para a Normandia para recuperar a posse do jovem duque e tomar o país. Entretanto, não houve nenhuma convocação, mas em vez disso chegou uma mensagem de que Rouen havia sido entregue às mãos do rei. Richard derramou lágrimas indignadas e disse:
– O castelo do meu pai! Minha cidade nas mãos do inimigo! Bernard é um traidor! Ninguém me impedirá de chamá-lo assim. Por que confiamos nele?

– Não tema, lorde duque – disse Osmond – Quando você for um cavaleiro, sua espada o defenderá, apesar de todos os falsos dinamarqueses e franceses em nossa terra.

– Meu Deus! Você também pensa assim, meu filho Osmond? Achei que você era mais inteligente para não julgar erroneamente alguém que era fiel à raça dos Rollo antes de você ou o duque nascerem! – disse o velho barão.

– Ele entregou meu ducado! Com toda certeza ele é um traidor! – gritou Richard – Vil, traiçoeiro, em busca de favores...

– Calma, calma, meu Senhor – disse o barão – Bernard é

esperto o suficiente para saber como agir e é bem mais cauteloso do que sua inteligência jovem ou a minha antiga possa entender. Posso não entender o que ele está fazendo, mas tenho certeza de que está fazendo o que é certo.

Richard ficou em silêncio, lembrando-se de que já havia sido injusto, mas lamentou profundamente quando pensou nos franceses na torre de Rollo, e ainda ficou sabendo que o rei estava prestes a dividir a Normandia entre seus vassalos franceses. Um novo clamor irrompeu na pequena guarnição de Senlis, mas Sir Eric ainda persistiu em sua confiança em seu amigo Bernard, mesmo quando soube que Centeville foi apontada como presa do gordo conde francês que servira de refém em Rouen.

– O que você diz agora, meu Senhor? – disse ele, depois de uma conferência com um mensageiro no portão – O Corvo Negro abriu suas asas. Cinquenta navios estão no Sena, e a Longa Serpente de Haroldo Dente-Azul à frente delas.

– O rei da Dinamarca! Veio em meu auxílio!

– Sim, é ele! Atendendo ao chamado secreto de Bernard, para ajudar o Senhor e colocá-lo no lugar de seu pai. Agora você não pode chamar o honesto Harcourt de traidor, porque ele não entregou seu justo ducado à chama e à espada!

– Não é bem um traidor – disse Richard, fazendo uma pausa. – Não, na verdade, mas o que mais você diria?

– Acho que, quando chegar ao meu ducado, não serei tão político – disse Richard. – Serei um amigo declarado ou um inimigo declarado.

– O menino está ficando muito esperto para nós – disse Sir Eric, sorrindo, – mas já está falando como o pai.

– Ele está ficando cada dia mais parecido com seu abençoado pai – disse a sra. Astrida.

– Mas, voltando aos dinamarqueses, pai, aos dinamarqueses! – disse Osmond – Os golpes vão cessar agora. Posso me juntar ao anfitrião e ganhar minhas esporas?

– Com todo o meu coração – respondeu o barão – Gostaria que Deus, Nosso Senhor me desse permissão para deixar nosso duque e seguir com você. Seria bom para meu espírito colocar os pés nos navios do norte mais uma vez.

– Eu adoraria ver como são esses homens do norte – disse Osmond.

– Ora! Eles são apenas dinamarqueses, não nórdicos, e não existem vikings, como existiam quando Ragnar devastou...

– Meu filho, meu filho, que conversa é essa para os ouvidos de uma criança? – interrompeu a sra. Astrida – essas são palavras de um barão cristão?

– Perdão, minha mãe, – disse o guerreiro grisalho, com toda a humildade – mas meu sangue vibra ao ouvir falar de uma frota do norte próxima e pensar em Osmond desembainhando a espada sob o comando de um rei do Mar.

Na manhã seguinte, o cavalo de Osmond foi conduzido até a porta, e os soldados que puderam ser dispensados da guarnição de Senlis foram preparados para acompanhá-lo. Os meninos ficaram parados nos degraus, desejando ter idade suficiente para serem guerreiros, e imaginando o que havia acontecido com ele, até que finalmente o som de uma porta se abrindo os assustou, e ali, no arco baixo da ferraria, a fornalha vermelha brilhando atrás dele, estava Osmond, vestido em aço brilhante, os elos de sua cota de malha refletindo a luz, e em seu elmo um par de asas douradas, que também estavam presentes em seu escudo longo e pontudo em forma de pipa.

– Suas asas! Nossas asas! – gritou Richard – o estandarte de Centeville!

– Que elas voem atrás do inimigo, não antes dele! – disse Sir Eric – Seja veloz, meu filho... não deixe nossos primos dinamarqueses dizerem que aprendemos a ser graciosos com os franceses em vez de aprender a lutar como os povos do norte.

Depois de todas essas despedidas, Osmond deixou Senlis, enquanto os dois meninos correram para as ameias para observá-lo enquanto ele ainda estava à vista.

A torre mais alta tornou-se o principal refúgio, e os olhos dos meninos estavam constantemente voltados para os arbustos onde Osmond havia desaparecido; mas os dias se passaram, e eles se cansaram da vigília e se dedicaram aos jogos na corte do castelo.

Um dia, Alberic, representando o personagem de um dragão, estava deitado de costas, ofegante, para poder lançar volumes de chamas e fumaça em Richard, o Cavaleiro, com uma vara como lança e uma madeira como espada, travando uma guerra feroz; quando de repente o dragão parou, sentou-se e apontou para o guarda na torre. Sua trombeta estava em seus lábios e, no minuto seguinte, a explosão ecoou pelo castelo.

Com um grito alto, os dois meninos subiram correndo as

escadas da torre e chegaram ao topo tão sem fôlego que nem conseguiram perguntar ao guarda o que tinha visto. Ele apontou, e o perspicaz Alberic exclamou: – Entendi! Olha, meu Senhor, um pontinho ali nos arbustos!

– Não vejo nada! Onde, onde?

– Ele está atrás da colina agora, mas... olhe, ali de novo! Ele vem muito rápido!

– Parece um pássaro voando – disse Richard – rápido, rápido...

– Tomara que não esteja fugindo de ninguém – disse Alberic, um pouco ansioso, olhando para o rosto do guarda, pois ele era um estrangeiro, e histórias de terror sobre a incursão do visconde de Contentin abundavam nas marchas do rio Epte.

– Não, jovem Senhor – disse o guarda – não tenha medo. Eu sei como os homens cavalgam quando estão fugindo da batalha.

– De fato, não há desespero no ritmo daquele cavalo – disse Sir Eric, que a essa altura já havia se juntado a eles.

– Eu o vejo com mais clareza! Estou vendo o cavalo – gritou Richard, dançando com entusiasmo, de modo que Sir Eric o agarrou e exclamou: – Você está sobre as ameias, segure firme! É melhor ouvir falar de uma batalha perdida do que ver uma tragédia acontecendo aqui!

– Ele está carregando alguma coisa na mão – disse Alberic.

– Um estandarte ou flâmula. – disse o guarda – Acho que ele cavalga como o jovem barão.

– É ele mesmo! Meu filho corajoso! Ele prestou um bom serviço – exclamou Sir Eric, à medida que a figura se tornava mais reconhecível – Os dinamarqueses puderam ver como treinamos os nossos jovens.

– Suas asas trazem boas novas – disse Richard – Preciso ir, Sir Eric, vou avisar a sra. Astrida.

A ponte levadiça foi baixada, o portão foi levantado, e enquanto todos os moradores do castelo estavam reunidos no pátio, entrou o guerreiro com o elmo alado, carregando na mão uma bandeira dobrada; baixando-a ao entrar, ele a desenrolou e a exibiu, arrastando-se no chão aos pés do jovem duque da Normandia, os lírios dourados da França.

Ouviu-se um grito de espanto, e todos se reuniram ao redor dele, fazendo perguntas apressadas. – Uma grande vitória... o rei um prisioneiro... Montreuil morto!"

Richard teve o prazer de segurar sua mão e o conduzir ao salão, e ali, sentados ao seu redor, ouviram as notícias. A primeira pergunta do pai foi para saber o que ele pensava dos seus parentes, os dinamarqueses.

– Camaradas brutos, pai, devo admitir – disse Osmond, sorrindo e balançando a cabeça. – Eu não faria um pacto com eles por nada nesse mundo, nem que fossem moedas de ouro.

– São guerreiros temíveis – disse Sir Eric. – Você acha que precisa ser mais educado e não tolerar o velho costume de resolver tudo na luta. Você precisar tirar a delicada faca francesa de seu cinto.

Osmond não aceitava a ideia de que um homem fosse mais corajoso por ser selvagem, mas se manteve calmo e não respondeu.

Richard implorou impacientemente para saber como foi a batalha e onde ela foi travada.

– Na margem do rio Dive – disse Osmond. – Ah, pai, o senhor pode muito bem chamar o velho Harcourt de cauteloso... o nome dele deveria ser Coração de Raposa e não Coração de Urso! Ele enviou aos franceses uma mensagem cheia de angústia, dizendo que os dinamarqueses estavam sobre ele com força total, implorando para que viessem em seu auxílio.

– Acredito que não houve traição. Nenhum tipo de negócio ilícito será cometido em meu nome – exclamou Richard, com tal dignidade de tom e modos, que fez com que todos sentissem que ele era de fato seu duque, e esqueceram até de sua tenra idade.

– Não, ou preciso contar a história com toda minha animação, não é? – disse Osmond – A ideia de Bernard era reunir os reis e deixar Luís ver que você tinha amigos para manter seu direito. Ele procurou apenas evitar o derramamento de sangue.

– E como isso aconteceu?

– Os dinamarqueses estavam acampados perto do rio Dive, e assim que os franceses apareceram, Dente Azul enviou um mensageiro a Luís, para convocá-lo a deixar Nêustria, e deixá-la para você, seu legítimo proprietário. Então, Luís, na esperança de conquistá-lo com palavras astutas, convidou-o para uma conferência pessoal.

– Onde você estava, Osmond?

– Onde eu tinha pouca paciência para estar. Bernard reuniu todos nós, normandos honestos, e nos organizou sob o estandarte do rei, como que para repelir sua incursão dinamarquesa.

Oh, ele era, aparentemente, unha e carne com Luís, orientando-o com seus conselhos e, na verdade, parecendo seu amigo e melhor conselheiro! Mas em uma coisa ele não conseguiu prevalecer. Aquele cínico ingrato, Herluin de Montreuil, veio com o rei, esperando, ao que parece, receber a sua parte de nossos despojos; e quando Bernard aconselhou o rei a mandá-lo para casa, já que nenhum normando verdadeiro poderia suportar vê-lo, os franceses nervosos juraram que nenhum normando os impediria de trazer quem eles escolhessem. Assim, foi montada uma tenda à beira do rio, onde os dois reis, com Bernard, Alano da Bretanha e o Conde Hugo, se reuniram. Todos ficamos do lado de fora, e os dois anfitriões começaram a se misturar, fazendo amizade com os dinamarqueses. Havia um sujeito ruivo e de aparência selvagem que me contou que esteve com Anlaff na Inglaterra e falou muito sobre os feitos de Haakon na Noruega; quando, de repente, apontou para um Cavaleiro que estava perto, falando com um soldado, e me perguntou seu nome. Meu sangue ferveu quando respondi, pois era o próprio Montreuil!

– A causa da morte do seu duque! – disse o dinamarquês.

– Ah, vocês, normandos, não serão mais filhos de Odin se o deixarem vivo!

– Meu filho, tenho certeza de que você disse que não seguimos as leis de Odin, não é? – disse a sra. Astrida.

– Não tive tempo para dizer nem uma só palavra, minha avó; os próprios dinamarqueses se vingaram. Em um instante atacaram Herluin com seus machados, e o infeliz morreu. Tudo virou um tumulto; cada um atacou sem saber quem ou para quê. Alguns gritavam: "Viva Thor!", outros diziam "Deus nos ajude!", e outros "Que São Denis nos proteja!" O sangue do norte contra os franceses, esse foi o nosso lema. Eu me encontrei ao pé desse estandarte e travei um duro combate por ele, mas finalmente venci.

– E o que aconteceu com os Reis?

– Eles saíram correndo da tenda, ao que parece, para se juntarem a seus homens. Luís montou, mas o senhor sabe, ele é apenas um cavaleiro indiferente, e o cavalo o carregou para o meio dos dinamarqueses, onde o rei Haroldo pegou sua rédea e o entregou a quatro cavaleiros para prendê-lo. Se ele tratou secretamente com eles, ou se eles, como declararam, o perderam de vista enquanto saqueavam sua tenda, não posso dizer; mas quando Haroldo foi buscá-lo, ele já tinha sumido.

– Sumido! É isso que você chama de manter o rei como prisioneiro?

– Primeiro, ouça o que vou lhe contar. Ele cavalgou quatro léguas e encontrou um dos membros mais perigosos dos Rouennais, a quem subornou para escondê-lo na Ilha dos Salgueiros. No entanto, Bernard fez investigações minuciosas, descobriu que o sujeito havia sido visto conversando com um cavaleiro francês, atacou sua esposa e filhos e ameaçou que eles morreriam se ele não revelasse o segredo. Então, o rei foi forçado a sair de seu esconderijo e agora está preso na Torre de Rollo... um dinamarquês, com um machado de guerra no ombro, mantendo guarda em cada curva da escada.

– Ah! ah! – gritou Richard – Vamos ver agora se ele está gostando disso. Agora ele vai lembrar de como me segurou contra a janela e jurou que só queria me fazer o bem!

– Quando você acreditava nele, meu Senhor – disse Osmond, dissimuladamente.

– Eu era muito pequeno naquela ocasião – disse Richard, cheio de si – Ora, as paredes irão se encarregar de lembrá-lo de seu juramento, e como o conde Bernard dizia quando tinha de lidar comigo, os Céus saberão cuidar dele.

– Lembre-se disso, meu filho... cuidado para não quebrar os votos que você faz – disse padre Lucas – mas não vale lembrar-se disso em triunfo sobre um inimigo caído. Seria melhor que todos viessem logo à capela, para conceder suas ações de graças somente onde elas são devidas.

CAPÍTULO X

Depois de quase um ano de cativeiro, o rei comprometeu-se a pagar um resgate e, até que os termos pudessem ser acertados, seus dois filhos seriam colocados como reféns nas mãos dos normandos, ao passo que ele retornaria aos seus domínios. Os príncipes seriam enviados para Bayeux; para onde Richard havia retornado, sob o comando dos Centevilles, e agora tinham permissão para cavalgar e caminhar livremente ao ar livre, desde que estivessem acompanhados por um guarda.

– Ficarei feliz em encontrar Carlomano e dar-lhe as boas-vindas, – disse Richard – mas eu gostaria que Lotário não viesse.

– Talvez – disse o bom padre Lucas – ele venha para que você tenha uma primeira prova na última lição de seu pai, e na do abade Martin, e retribua o bem pelo mal.

O rosto do duque ficou corado, e ele não respondeu.

Ele e Alberic dirigiram-se à torre de vigia e, aos poucos, viram uma cavalgada se aproximando, com um veículo coberto por cortinas no meio, pendurado entre dois cavalos. – Não podem ser os príncipes. – disse Alberic – Certamente deve ser alguma senhora doente.

– Só espero que não seja a rainha. – exclamou Richard, consternado – Não é ela não. Lotário é um covarde, sem dúvida, ele tinha medo de cavalgar, e ela não confiaria em seu querido a não ser que estivesse calado como uma donzela. Mas vamos descer, Alberic. Não direi nada desagradável sobre Lotário, se eu conseguir evitar.

Richard foi ao encontro dos príncipes na corte, com seus cabelos dourados e curvando-se com uma cortesia tão apropriada, que a sra. Astrida apertou o braço do filho e comentou que o jovem duque era o filho mais belo e nobre da cristandade.

Com olhares sombrios, Lotário saiu da liteira, não deu atenção ao jovem duque, e chamou rudemente seu assistente, Charlot, para acompanhá-lo. Entrou no salão, sem conceder palavra nem olhar a ninguém ao passar, atirou-se no assento mais alto e ordenou que Charlot lhe trouxesse um pouco de vinho.

Enquanto isso, Richard, olhando para a liteira, viu Carlomano agachado em um canto, soluçando de medo.

– Carlomano! Querido Carlomano! Não chore. Venha até aqui! Sou eu... seu amigo Richard! Você não vai me deixar dar as boas-vindas?

Carlomano olhou, segurou na mão estendida e agarrou-se ao pescoço de Richard: – Oh, Richard, nos mande de volta! Não deixe que os dinamarqueses selvagens nos matem!

– Ninguém vai lhe machucar. Não há dinamarqueses aqui. Você é meu convidado, meu amigo, meu irmão. Olhe para cima! Ali está a sra. Astrida, que cuida de mim.

– Mas minha mãe disse que os nórdicos nos matariam porque mantivemos você em cativeiro. Ela chorou e implorou, mas os homens cruéis nos arrastaram à força. Ah, deixe-nos voltar!

– Não posso fazer isso – disse Richard – porque vocês são prisioneiros do rei da Dinamarca, não meus; mas não se preocupe, vou cuidar de você e terá tudo o que é meu, mas não pode chorar, querido Carlomano. Sra. Astrida, o que devo fazer? A senhora pode ajudá-lo... – dizia Richard enquanto o pobre garoto se agarrava a ele, soluçando.

A sra. Astrida pegou a mão do menino, falando com uma voz suave, mas ele se encolheu e se deu um pulo e um novo grito de terror. Carlomano achou que aquela figura alta, com um chapéu alto e rosto enrugado parecia uma bruxa, e como ela não sabia francês, ele não entendia suas palavras gentis. No entanto, deixou Richard levá-lo para o salão, onde Lotário estava sentado taciturno na cadeira, com uma perna dobrada sob o corpo e o dedo na boca.

– Diga-me uma coisa, senhor duque – disse Lotário – não há nada para se beber neste seu antigo covil? Nem uma gota de vinho Bordeaux?

Richard tentou reprimir sua raiva por esse modo tão rude de falar e respondeu que achava que não havia nada para beber a não ser bastante cidra normanda.

– Até parece que vou provar suas bebidas camponesas horríveis! Pedi que trouxessem meu jantar. Por que eles ainda não trouxeram?

– Porque você não é o mestre aqui – a frase estava na ponta da língua de Richard, mas ele segurou-se e respondeu que logo estaria pronto, e Carlomano olhou suplicante para seu irmão e disse: – Não os irrite, Lotário.

– Que criança manhosa você é, ainda chorando seu tolo? – disse Lotário. – Você não sabe que se eles se atreverem a nos contrariar, meu pai os tratará como merecem? Traga o jantar, eu ordeno. Quero comer macarrão com legumes.

– Não temos... não temos legumes nesta época do ano – disse Richard.

– Vocês não pretendem me dar nada que eu goste? Vou lhe dizer que será pior para você.

– Temos frango assado – respondeu Richard.

– Vou informar novamente que não gosto de frango... quero comer legumes da horta.

– Se eu não colocar esse menino na linha, não me chamo Eric – murmurou o barão.

– O que ele não deve ter feito para nosso pobre menino sofrer! – respondeu a sra. Astrida – Mas o pequenino comove meu coração. Ele é muito pequeno e fraco, e dá gosto de ver como nosso jovem duque é tão educado com ele.

– Ele é corajoso demais para não ser gentil – disse Osmond; e, de fato, o menino espirituoso e impetuoso era tão gentil e amável quanto uma donzela, com aquela criança fraca e tímida. Ele o persuadiu a comer, consolou-o e, em vez de rir de seus medos, manteve-se entre ele e o grande cão de caça Hardigras, e expulsou-o do salão quando se aproximou demais.

– Tire esse cachorro daqui! – disse Lotário, imperiosamente.

Ninguém se moveu para obedecê-lo, e o cachorro, em busca de restos, veio novamente em sua direção.

— Tire essa coisa daqui! — ele repetiu, e bateu com o pé. O cachorro rosnou, e Richard estremeceu, indignado.

— Príncipe Lotário — disse ele — não me importo com o que mais você faça, mas você não vai maltratar meus cães e meu povo.

— Deixe-me lhe dizer que eu sou o príncipe! Eu faço o que eu quiser! Ha! Quem está rindo aí? — gritou o menino, irritado, batendo os pés no chão.

— Não é tão fácil os príncipes franceses açoitarem os normandos nascidos livres aqui — disse a voz áspera de Walter, o caçador — há um acerto de contas pela ferida que vi no rosto do meu duque.

— Calma, calma, Walter — respondeu Richard; mas Lotário pegou um escabelo e estava apontando-o para o caçador, quando alguém segurou seu braço.

Osmond, que o conhecia suficientemente bem para estar preparado para tais surtos, segurou-o firmemente com ambas as mãos, apesar dos seus gritos e lutas desenfreadas, que eram iguais às de um homem frenético.

Enquanto isso, Sir Eric anunciou com toda a potência de sua voz, em seu dialeto normando: — Gostaria que soubesse, jovem senhor, que, por mais príncipe que seja, você é nosso prisioneiro e será jogado em uma masmorra, comendo pão e água, a menos que se comporte.

Ou Lotário não ouviu, ou não acreditou, e continuou a lutar ainda mais furiosamente nos braços de Osmond, mas teve poucas chances com o jovem guerreiro robusto e, apesar dos protestos de Richard, foi carregado para fora do salão, rugindo e chutando, e trancado sozinho em um quarto vazio.

– Deixe-o sozinho por enquanto – disse Sir Eric, deixando o duque de lado, – quando ele perceber com quem está lidando, teremos paz.

Nesse instante, Richard teve de se virar, para tranquilizar Carlomano, que havia se refugiado em um canto escuro, e ali tremia como uma folha de álamo ao vento, chorando copiosamente e assustado, quando Richard o tocou.

– Oh, não me coloquem na masmorra. Não suporto a escuridão.

Richard novamente tentou confortá-lo, mas ele não parecia ouvir nem prestar atenção. – Oh! Eles disseram que vocês iriam nos bater e nos machucar pelo que fizemos com você! Mas, na verdade, não fui eu quem queimou sua bochecha!

– Nunca iremos machucá-lo, querido Carlomano; Lotário não está na masmorra... ele só ficar sozinho até se acalmar.

– Foi Lotário quem fez isso – repetiu Carlomano – e, de fato, você não deveria ficar zangado comigo, porque minha mãe ficou tão brava comigo por eu não ter impedido Osmond quando o encontrei com o feixe de palha, que ela me deu um golpe que me derrubou no chão. Era você que realmente estava lá, Richard?

Richard contou sua história e ficou feliz ao descobrir que Carlomano conseguia sorrir; e então a sra. Astrida o aconselhou a levar o amiguinho para a cama. Carlomano não ficava deitado sem ainda segurar a mão de Richard, e o jovem duque não poupava esforços para tranquilizá-lo, sabendo o que era ser um prisioneiro desolado, longe de casa.

– Achei que você me trataria bem. – disse Carlomano – Quanto a Lotário, é bem feito para ele que você o trate do mesmo modo que ele fez com você.

– Oh, não, Carlomano, se eu tivesse um irmão, nunca falaria assim dele.

– Mas Lotário é tão cruel.

– Eu sei! Mas devemos ser gentis com aqueles que são rudes conosco.

A criança apoiou-se nos cotovelos e olhou para o rosto de Richard: – Ninguém nunca me disse isso antes.

– Oh, Carlomano, você nunca ouviu o irmão Hilary?

– Nunca prestei atenção ao irmão Hilary. Ele é tão demorado e cansativo; além disso, ninguém é gentil com aqueles que os odeiam.

– Meu pai era – disse Richard.

– E eles o mataram! – disse Carlomano.

– Sim, – respondeu Richard, fazendo o sinal da cruz – mas ele foi para um lugar de paz.

– Eu me pergunto se lá é mais feliz do que aqui – disse Carlomano – Não sou feliz. Mas diga-me por que deveríamos ser bons com aqueles que nos odeiam?

– Porque os santos eram... e olhe para o crucifixo, Carlomano.

Isso foi por aqueles que O odiavam. Você não sabe o que diz a oração do Pai Nosso?

O pobre Carlomano só conseguia repetir o Pai Nosso em latim. Não tinha a menor noção do seu significado, enquanto Richard havia sido cuidadosamente instruído pelo padre Lucas. Ele começou a explicar, mas assim que começou a explicar, o pequeno Carlomano já estava dormindo.

O duque afastou-se suavemente para implorar permissão para ir até Lotário; ele entrou no quarto, já escuro, com uma tocha de pinho na mão, que tremeluzia tanto ao vento que a princípio não conseguia ver nada, mas logo viu um caroço escuro no chão.

– Príncipe Lotário, – ele disse – aqui está.

Lotário o interrompeu. – Afaste-se! – disse ele – Se for a sua vez agora, logo será a minha. Eu gostaria que minha mãe tivesse mantido sua palavra e arrancado seus olhos.

Richard não tinha o gênio de ficar calado e respondeu: – É uma vergonha da sua parte falar assim, porque só vim por gentileza, então vou deixá-lo aqui a noite toda e não pedirei a Sir Eric para deixá-lo sair.

Richard abriu a pesada porta com um estrondo retumbante. Mas seu coração doeu quando ele estava fazendo suas orações, e lembrou-se do que havia dito a Carlomano. Ele sabia que não conseguiria dormir em sua cama quente enquanto Lotário estivesse naquele quarto frio e tempestuoso. Na verdade, Sir Eric disse que isso lhe faria bem, mas Sir Eric mal sabia como os príncipes franceses eram frágeis.

Então Richard desceu no escuro, deslizou o ferrolho e disse:

– Príncipe, príncipe, sinto muito por ter ficado com raiva. Saia e vamos tentar ser amigos.

– O que você quer dizer com isso? – perguntou Lotário.

– Saia do frio e da escuridão. Estou aqui. Vou lhe mostrar o caminho. Onde está sua mão? Nossa, está muito frio. Deixe-me levá-lo até a lareira do corredor.

Lotário foi dominado pelo medo, pelo frio e pela escuridão, e silenciosamente permitiu que Richard o conduzisse para baixo. Em volta da fogueira, na extremidade inferior do salão, roncavam meia dúzia de soldados; na lareira superior havia apenas Hardigras, que ergueu a cabeça quando os meninos entraram. O sussurro e os tapinhas suaves de Richard o acalmaram instantaneamente, e os dois pequenos príncipes sentaram-se juntos perto da lareira; Lotário surpreso, mas taciturno. Richard mexeu as brasas, para trazer mais calor, depois disse: – Príncipe, vamos ser amigos?

– Eu tenho de ser, já que estou em seu poder.

– Eu gostaria que você fosse meu hóspede e companheiro.

– Muito bem, eu serei; não posso evitar que isso aconteça.

Richard achou que seus avanços poderiam ter sido recebidos de maneira mais gentil e, tendo pouco incentivo para dizer mais alguma coisa, acompanhou Lotário até o quarto assim que ele se aqueceu.

CAPÍTULO XI

Como o barão havia dito, havia mais paz agora, que Lotário tinha aprendido a submeter-se a outros e que ninguém se importava com suas ameaças de vingança de seu pai ou de sua mãe. Ele estava muito mal-humorado e desagradável e testou severamente a tolerância de Richard, mas não houve novas explosões e, no geral, de uma semana para outra, pode-se dizer que houve uma melhora. Nem sempre conseguia manter distância de alguém tão bem-humorado e bondoso como o jovem duque; e o fato de receber ordens teve realmente um efeito benéfico sobre ele, depois de tantos mimos que recebia em sua casa.

Na verdade, ouviu-se certa vez Osmond dizer que era uma pena que o menino não fosse refém pelo resto da vida, e Sir Eric respondeu: – Contanto que não tenhamos de treiná-lo.

Entretanto, o pequeno Carlomano recuperou-se dos temores de todos os habitantes do castelo, exceto do cão Hardigras, de quem ele sempre tinha muito medo e se encolhia ao aproximar-se.

Ele voltou a fazer amizade com Osmond, não se assustava

mais com a entrada de Sir Eric, ria dos modos alegres de Alberic e gostava de sentar-se no colo da sra. Astrida e ouvi-la cantar, embora não entendesse uma palavra, mas seu amor especial ainda era por seu primeiro amigo, o duque Richard. De mãos dadas, eles andavam juntos, Richard, às vezes, o levantava pelos degraus íngremes e, por consideração a ele, abstinha-se de brincadeiras violentas. Richard o levava junto para assistir às lições que o padre Lucas dava às crianças do castelo, todas às sextas e domingos, à noite, na capela. O bom padre estava nos degraus do altar, com as crianças formando um semicírculo ao seu redor... o filho e a filha do armeiro, o filhinho do caçador, o jovem barão de Montemar, o duque da Normandia e o príncipe da França, todos eram iguais lá... e juntos aprendiam, enquanto ele lhes explicava as coisas básicas nas quais se deve acreditar; e assim Carlomano parou de se perguntar por que Richard achava certo ser bom para seus inimigos; e embora a princípio ele soubesse menos do que o pequeno caçador de casaco de couro, parecia aprender as lições sagradas mais rápido do que qualquer um deles... sim, e agir de acordo com elas também. Sua saúde frágil parecia fazê-lo sentir-se mais confortável e significativo do que Richard; e Alberic e padre Lucas logo disseram a sra. Astrida que era uma criança de mentalidade santa.

Na verdade, Carlomano estava mais disposto à meditação, porque era incapaz de participar dos esportes como os outros meninos. Uma corrida ao redor da quadra estava além de suas forças, o vento fresco nas ameias o fazia tremer e se encolher, e gritar alto era terrível para ele. Antigamente, ele chorava quando Lotário lhe dizia que deveria cortar o cabelo e ser padre; agora, ele apenas dizia baixinho que gostaria muito, se pudesse, de ser bom o suficiente.

A sra. Astrida suspirava e balançava a cabeça, temendo que a pobre criança jamais crescesse e se tornasse alguma coisa nesta terra. Por maior que fosse a diferença entre ele e Richard, no início, agora era muito maior. Richard era um menino excepcionalmente forte para os 10 anos de idade, ereto e de peito largo, e crescia muito rápido; enquanto Carlomano parecia minguar, curvado para frente devido à fraqueza, tinha feições finas e contraídas e bochechas pálidas, parecia uma planta cultivada no escuro.

O velho barão dizia que hábitos saudáveis e resistentes restaurariam as crianças insignificantes; e Lotário melhorou a saúde e, com isso, o temperamento; mas seu irmãozinho não tinha forças para aguentar atividades mais fortes. Ele sofria e caía mais a cada dia, e à medida que o outono chegava e o vento ficava mais frio, ele piorava e quase nunca saía do colo da gentil sra. Astrida. Não era uma doença constante, mas à medida que crescia ficava mais fraco e definhava. Fizeram-lhe um pequeno sofá perto da lareira, com uma separação bem alta entre ele e a porta, para evitar as correntes de ar; e lá ele costumava ficar deitado pacientemente, hora após hora, falando fracamente, ou sorrindo e parecendo satisfeito quando qualquer um daqueles que ele amava se aproximava. Ele gostava quando o padre Lucas vinha rezar com ele e nunca deixava de ficar feliz quando seu querido duque vinha falar com ele, com sua voz alegre, sobre seus passeios e suas aventuras de caça e falcoaria. O hóspede doente de Richard ocupava grande parte de seus pensamentos, e ele nunca passava muitas horas longe dele, suavizando o passo e baixando a voz ao entrar no corredor, pois Carlomano poderia estar dormindo.

– Richard, é você? – disse o garotinho, enquanto a jovem

figura contornava a separação entre a porta e o sofá, no crepúsculo escuro.

– Sim. Como você está se sentindo agora, Carlomano; você está melhor?

– Não estou muito bem, mas obrigado, querido Richard – ele disse isso e colocou seus dedinhos magrinhos sobre os dedos de Richard.

– A dor voltou?

– Não, eu fiquei deitado imóvel, meditando; Richard, acho que nunca ficarei melhor.

– Oh, não diga isso! Você vai ficar melhor, vai sarar quando a primavera chegar.

– Sinto como se fosse morrer – disse o menino – Acho que vou mesmo. Mas não fique triste, Richard. Não tenho muito medo. Você disse que lá do outro lado era mais feliz do que aqui, e agora eu sei disso.

– Onde está meu abençoado pai. – disse Richard, pensativo – Mas, Carlomano, você é muito jovem para morrer!

– Eu não quero mais viver. Este é um mundo difícil e cheio de guerras, cheio de pessoas cruéis, e lá do outro lado há paz. Você é forte e corajoso e fará com que as pessoas sejam melhores, mas eu sou fraco e medroso... só posso suspirar e lamentar.

– Ah, Carlomano! Carlomano! Você não pode nos deixar. Eu amo você como se fosse meu irmão. Você não pode morrer... precisa viver para ver seu pai e sua mãe novamente!

– Mande minhas lembranças a eles – disse Carlomano –

Vou para meu Pai que está nos céus. Estou feliz por estar aqui, Richard, nunca fui tão feliz antes. Eu realmente tinha medo de morrer, mas o padre Lucas me ensinou que meus pecados foram perdoados. Agora, acho que os santos e os anjos estão esperando por mim.

Ele estava falando bem baixinho e fraco e, depois de suas últimas palavras, caiu no sono. Ele continuou dormindo, e quando o jantar foi servido e as lâmpadas foram acesas, a sra. Astrida achou que o rostinho estava estranhamente pálido e parecia de cera, e ele não acordou. À noite, eles o carregaram para a cama, e ele parecia acordado em um estado semiconsciente, gemendo ao ser perturbado. A sra. Astrida não saiu de perto dele, e o padre Lucas compartilhou a vigília dela.

À meia-noite, todos foram acordados pelas notas lentas, caindo uma a uma nos ouvidos, do solene sino de passagem, chamando-os ao despertar, para que suas orações pudessem acelerar o caminho de uma alma. Richard e Lotário logo estavam ao lado da cama. Carlomano ainda dormia, com as mãos cruzadas sobre o peito, mas a respiração era longa e ofegante. Padre Lucas estava orando por ele, e velas foram colocadas de cada lado da cama. Tudo estava imóvel, os meninos não ousavam falar ou se mover. Houve uma respiração mais longa... depois eles não ouviram mais nada. Ele foi, de fato, para um lar mais feliz... uma realeza mais verdadeira que nunca existiu na terra.

Então a dor dos meninos explodiu. Lotário gritou por sua mãe e soluçou dizendo que ele deveria morrer também... que precisava ir para casa. Richard estava ao lado da cama com muitas lágrimas silenciosas rolando pelo seu rosto e seu peito arfando com soluços reprimidos.

A sra. Astrida conduziu-os para fora do quarto, de volta as suas camas. Lotário chorou até dormir. Richard ficou acordado, triste e pensando profundamente; enquanto aquela cena em Santa Maria, em Rouen, voltava diante de seus olhos, e embora tivesse passado quase dois anos, seu significado e seu ensinamento haviam penetrado profundamente em sua mente, e agora estavam diante dele de forma mais completa.

– Para onde irei, quando morrer, se não retribuir o mal com o bem? – E o jovem duque tomou uma resolução.

A manhã chegou e trouxe de volta a sensação de que seu gentil companheiro havia partido, e Richard chorou novamente, como se não pudesse ser consolado, ao contemplar o sofá de onde o sorriso paciente nunca mais o cumprimentaria. Ele agora sabia que amava Carlomano ainda mais por sua fraqueza e desamparo; mas sua dor não era como a de Lotário, pois à dor do príncipe ainda se juntava um medo egoísta. Seu grito ainda era de que ele também morreria, se não fosse libertado, e o choro violento realmente o deixou pesado e doente.

O pequeno cadáver, embalsamado e revestido de chumbo, seria enviado de volta à França, para que pudesse descansar com seus antepassados na cidade de Reims. Lotário pareceu sentir isso como um golpe adicional de deserção. Ele estava quase fora de si em desespero, implorando a todos, por sua vez, que o mandassem para casa, embora soubesse muito bem que não iriam fazê-lo.

CAPÍTULO XII

Sir Eric, – disse Richard – o senhor me disse que haveria um parlamento em Falaise, entre o conde Bernard e o rei da Dinamarca. Pretendo comparecer. O senhor virá comigo ou será Osmond, e o senhor continuará sendo responsável pelo príncipe?

– O que é isso agora, lorde Richard, você sempre detestou um parlamento?

– Tenho algo a dizer – respondeu Richard. O barão não fez objeções, apenas disse a sua mãe, a sra. Astrida, que o duque era uma criança maravilhosa e sábia e que em breve estaria apto a assumir ele próprio o governo.

Lotário lamentou ainda mais quando descobriu que Richard estava indo embora; sua presença parecia-lhe uma proteção, e ele imaginou, agora que Carlomano estava morto, que os danos e ferimentos anteriores que ele havia causado estavam prestes a ser vingados. O duque assegurou-lhe, repetidamente, que ele seria muito bem tratado, acrescentando: – Quando eu voltar, você verá, Lotário, conversaremos mais – então, recomendando-o ao cuidado e gentileza da sra. Astrida, Osmond e Alberic, Richard partiu em seu pônei, acompanhado por Sir Eric e três soldados.

Richard ficou triste ao olhar para Bayeux e pensou que seu querido amigo não estava mais lá, mas era uma manhã fresca e gélida, os campos estavam cobertos por uma camada branca e prateada, os flocos de gelo cintilavam em cada arbusto, e o chão duro ressoava alegremente ao passo dos cavalos. Enquanto o sol amarelo abria caminho através das névoas cinzentas que diminuíam seu brilho e brilhava alegremente nas alturas azuis do céu, o ânimo de Richard melhorou e ele começou a rir e a conversar, como uma lebre ou um coelho correndo pela floresta, ou como a batuíra voando e cantando, batendo suas largas asas no céu do inverno.

Uma noite dormiram em um convento, onde souberam que Hugo de Paris havia falecido quando estava a caminho para participar da conferência em Falaise. No dia seguinte eles seguiram em frente e, no final da tarde, o barão apontou para uma cadeia de colinas rochosas e pontiagudas, coroada por uma torre alta e sólida, e disse a Richard que ali ficava sua fortaleza de Falaise, o castelo mais forte da Normandia.

A região ficava muito mais acidentada à medida que avançavam. Vales estreitos e colinas pontiagudas, cada pequeno vale cheio de mata e intercalado com rochas. – Um ótimo lugar para caçar. – disse Sir Eric, e Richard, ao ver uma manada de cervos correndo por uma clareira na floresta, exclamou: – que eles estejam aqui para ficar, assim podemos praticar algum esporte de outono.

Parecia haver caçadores na floresta, pois através do ar gelado vinham os latidos dos cães, os gritos e chamados dos homens e, de vez em quando, o eco e o toque das notas de uma corneta. Os olhos e as bochechas de Richard brilhavam de excitação, e ele empurrava seu pequeno pônei cada vez mais rápido, ignorando que os homens e cavalos mais pesados de sua comitiva não estavam acompanhando o ritmo dele no chão acidentado e através dos emaranhados de galhos.

Logo, um estranho som de rosnados e latidos foi ouvido bem perto. Seu pônei desviou-se para o lado e não foi possível fazê-lo avançar; então Richard desmontou e correu através de alguns arbustos, e ali, em um espaço aberto, sob um precipício de rocha escura coberta de grama, que se erguia como uma parede, ele avistou um enorme lobo cinzento e um grande cachorro em combate mortal. Era como se eles tivessem caído ou rolado juntos no precipício, sem prestar atenção por causa de sua fúria. Ambos estavam sangrando, e seus olhos brilhavam como vidro vermelho e ardente na sombra escura da rocha. O cão ficou deitado, quase dominado, oferecendo apenas uma fraca resistência; e o lobo teria, em outro momento, a liberdade de atacar a criança solitária.

Mas nem um pensamento de medo passou por seu peito, e salvar o cachorro foi a única ideia de Richard. Em um instante, ele sacou a adaga que trazia no cinto, correu até os dois animais que se debatiam e, com toda a sua força, enfiou-a na garganta do lobo, que, felizmente, ainda estava presa pelos dentes do cão.

A luta acabou, o lobo rolou pesadamente para o lado, morto. O cachorro estava ofegante e sangrando, e Richard temeu que estivesse cruelmente dilacerado. – Pobre amigo! Cão nobre! O que devo fazer para ajudá-lo? – e ele alisou suavemente a cabeça malhada escura.

Ouviu-se uma voz gritando bem alto, e o cachorro imediatamente levantou e ergueu a cabeça, enquanto uma figura em traje de caça descia por um caminho rochoso, um homem extremamente alto, de belo porte e feições nobres.

– Vige! Vige! Onde você está? Onde está meu corajoso cão de caça? – ele disse na língua do norte, embora não exatamente com o sotaque que Richard estava acostumado a ouvir – Às vezes nos machucamos fazendo o que amamos fazer, não é?

– Receio que você esteja muito machucado – exclamou Richard, enquanto a fiel criatura abanava o rabo e se esforçava para se levantar e encontrar seu dono.

– Ora, rapaz! Quem é você? – exclamou o caçador, surpreso ao ver o menino entre o lobo morto e o cachorro ferido. – Você parece um daqueles normandos que são gentis como os franceses, com seus cabelos dourados e bainha de espada nos ombros, mas suas palavras são nórdicas. Pelo martelo de Thor! Isso é uma adaga na garganta do lobo!

– É minha – respondeu Richard – Encontrei seu cachorro quase morto e vim para resgatá-lo.

– Você fez isso? Bom trabalho! Eu não sei o que faria se tivesse perdido Vige. Estou em dívida com você, meu corajoso jovem – disse o estranho, examinando e acariciando o tempo todo o cão. – Qual o seu nome? Você não foi sido criado no sul, foi?

Enquanto ele falava, mais gritos se aproximaram, e o barão de Centeville correu por entre as árvores segurando o pônei de Richard pelas rédeas e dizendo: – Meu senhor, meu senhor!... oh, graças a Deus, vejo que você está seguro! – No mesmo momento um grupo de caçadores também se aproximou pelo caminho, e à frente deles Bernard, o dinamarquês.

– Ah! – exclamou ele – quem estou vendo? Meu jovem Senhor! O que lhe trouxe aqui? – E com uma reverência apressada, Bernard pegou a mão estendida de Richard.

– Vim aqui para participar de seu Conselho – respondeu Richard – Tenho uma bênção a pedir ao rei da Dinamarca.

– Qualquer benefício que o rei da Dinamarca tiver em seu poder será seu – disse o dono do cachorro, batendo com a mão no ombro do jovem duque, com uma familiaridade rude e calorosa que o pegou de surpresa; e ele olhou para cima com uma sombra de ofensa, até que, num súbito lampejo de percepção, tirou o boné, exclamando: – Nossa, você é o rei Haroldo! Perdoe-me, senhor rei!

– Perdão, duque Richard! O que você gostaria que eu perdoasse? Você salvou a vida de Vige! Demonstrou toda a coragem do mundo. Diga-me qual é sua bênção, e ela será sua. Devo levá-lo em uma viagem para atormentar os monges gordos da Irlanda?

Richard recuou um pouco diante de seu novo amigo.

– Ah, ah! Eu esqueci. Eles fizeram de você um cristão... o que é uma pena. Você tem o espírito do norte tão forte. Eu tinha esquecido. Venha, caminhe ao meu lado e deixe-me ouvir o que você pediria. Ei, Sweyn! Leve Vige até o castelo e cuide de seus ferimentos. Agora vamos lá, jovem duque.

– Minha benção é que eu gostaria que você libertasse o príncipe Lotário.

– O quê? O jovem francês? Eles o mantiveram em cativeiro,

queimaram seu rosto e teriam acabado com você se não fosse por seu inteligente escudeiro.

– Isso já passou há muito tempo, e Lotário está muito infeliz. O irmão dele morreu, e ele está doente de tristeza e diz que morrerá se não voltar para sua casa.

– Seria até bom, porque a raça traiçoeira morreria com ele! Por que você precisa se preocupar tanto com ele? Ele é seu inimigo.

– Eu sou um cristão – foi a resposta de Richard.

– Bem, eu prometi a você tudo o que pedisse. Toda a minha parte do resgate dele, ou da pessoa dele, livre ou garantida, é sua. Você só precisa conquistar os votos de seus duques e nobres.

Richard temia que isso fosse mais difícil, mas o abade Martin veio à reunião e participou. Além disso, a ideia de seu refém morrer em suas mãos, de modo a deixá-los sem o controle do rei, tinha muito peso para eles; e, após longa deliberação, consentiram que Lotário fosse devolvido a seu pai, sem resgate, mas apenas com a condição de que Luís garantisse ao duque a posse pacífica do país, até St. Clair sur Epte, que há muito estava em disputa; de modo que Alberic se tornou, indiscutivelmente, um vassalo da Normandia.

Talvez tenha sido o dia mais feliz da vida de Richard, quando ele voltou para Bayeux e pediu a Lotário que se preparasse para ir com ele a St. Clair, para ser devolvido às mãos de seu pai.

E então eles encontraram o rei Luís, triste e sério pela perda de seu pequeno Carlomano, e, na época, arrependido de seus erros para com o herdeiro órfão da Normandia.

Ele apertou o duque em seus braços e seu beijo foi genuíno

ao dizer: – Duque Richard, não merecemos isso de você. Eu não lhe tratei como você tratou meus filhos. Serei verdadeiramente seu vassalo de agora em diante.

As últimas palavras de Lotário foram: – Adeus, Richard. Se eu morasse com você, poderia ser bom como você. Nunca esquecerei o que você fez por mim.

Quando Richard mais uma vez entrou em Rouen em grande estilo, seus súditos gritavam de alegria ao seu redor, porém melhor do que toda a sua honra e glória foi poder entrar na Igreja de Nossa Senhora e ajoelhar-se no túmulo de seu pai, com a consciência limpa e a sensação de que ele havia tentado manter seu último pedido.

CONCLUSÃO

Os anos se passaram. Os juramentos de Luís e as promessas de Lotário foram quebrados. Arnulfo de Flandres, o assassino do duque Guilherme, incitou-os a invasões repetidas e traiçoeiras na Normandia, de modo que a vida de Richard, dos 14 aos 25 ou 26 anos, foi uma longa guerra em defesa de seu país. Mas foi uma guerra gloriosa para ele, e seus feitos galantes lhe renderam o título de "Richard, o destemido" ... um nome bem merecido, pois havia apenas uma coisa que ele temia: fazer algo errado.

Aos poucos, o sucesso e a paz vieram; e Arnulfo de Flandres, descobrindo que a força aberta não o destruiria, fez três tentativas de assassiná-lo, como seu pai, por traição. Mas tudo isso falhou, e Richard desfrutou de muitos anos de paz e honra, enquanto seus inimigos desapareceram de sua vista.

O rei Luís morreu ao cair de seu cavalo, e Lotário morreu no início da juventude, e nele terminou a linhagem degenerada de Carlos Magno. Hugo Capeto, filho do velho amigo de Richard, Hugo, o branco, estava no trono da França, seu aliado e cunhado devotado, recorrendo a ele em busca de conselhos e ajuda em todos os seus empreendimentos.

A sra. Astrida e Sir Eric já estavam há muito tempo em seus túmulos tranquilos. Osmond e Alberic estavam entre os conselheiros e guerreiros mais confiáveis de Richard. O abade Martin, em extrema velhice, ainda governava a Abadia de Jumièges, onde Richard, tal como seu pai, adorava visitá-lo, conversar com ele e refrescar-se no pacífico claustro, longe dos assuntos de Estado e da guerra.

Richard era um homem grisalho, de estatura elevada e porte majestoso. Seu filho mais velho era mais velho do que ele quando se tornou o pequeno duque, e ele até começou a se lembrar do projeto de seu pai, de passar uma velhice aposentado e na paz.

Foi numa véspera de verão que o duque Richard se sentou ao lado do velho abade de barba branca, na varanda, olhando para o sol brilhando com raios suaves e decrescentes nos arcos e colunas. Conversaram sobre aquele enterro em Rouen e sobre a chave de prata; o abade deleitando-se em contar, repetidas vezes, todas as boas ações e boas palavras de Guilherme Espada Longa.

Enquanto eles estavam sentados, um homem, também muito velho, enrugado e curvado, aproximou-se do portão do claustro, andando com dificuldade, cambaleando e muito fraco, como alguém que é perseguido além de suas forças. Ele estava buscando refúgio.

– Qual pode ser o crime de alguém tão idoso e fraco? – disse o duque, surpreso.

Ao vê-lo, uma expressão de terror surgiu nos olhos do velho. Ele juntou as mãos e virou-se como se fosse fugir; então, sentindo-se incapaz de correr, se jogou no chão diante de Richard.

– Misericórdia, misericórdia! O mais nobre de todos os duques! – foi tudo o que ele disse.

– Levante-se... não se ajoelhe diante de mim. Não posso tolerar isso de alguém que poderia ser meu pai – disse Richard, tentando ajudá-lo; mas com essas palavras o velho gemeu e se agachou ainda mais.

– Quem é você? – perguntou o duque – Neste lugar sagrado você está seguro, seja lá o que tenha feito. Diga! Quem é você?

– O senhor não me conhece? – disse o suplicante. – Prometa misericórdia, antes de ouvir meu nome.

– Eu já vi esse rosto sob um capacete – disse o duque – Você é Arnulfo de Flandres!

Houve um silêncio profundo.

– E por que você está aqui?

– Demorei para derrotar o rei francês Hugh. Ele tomou minhas cidades e devastou minhas terras. Cada francês e cada normando jura me matar, em vingança pelo que fiz contra o senhor, lorde duque. Vaguei de um lado para outro, temendo por minha vida, até que pensei na fama do duque Richard, não apenas o mais destemido, mas o mais misericordioso dos príncipes. Procurei vir até aqui, confiando que, quando o santo padre abade visse meu sincero arrependimento, ele intercederia por mim junto ao senhor, nobre príncipe, por minha segurança e perdão. Oh, galante duque, perdoe-me e salve minha vida!

– Levante-se, Arnulfo – disse Richard – Onde a mão do Senhor atingiu, não cabe ao homem exigir sua vingança. A morte de meu pai foi perdoada há muito tempo, e o que você pode ter planejado contra mim foi, pela bênção do Céu, reduzido a nada. Pelo menos dos normandos você está seguro; e será meu trabalho garantir o perdão de meu irmão, o rei. Entre no refeitório: você precisa comer alguma coisa. O senhor abade lhe dá as boas-vindas."[13]

Lágrimas de gratidão e verdadeiro arrependimento sufocaram o discurso de Arnulfo, e para se levantar do chão ele teve de aceitar o apoio do braço do duque.

O venerável abade levantou-se lentamente e ergueu a mão em atitude de bênção: – A bênção de um Deus misericordioso esteja sobre o pecador que se desvia de seu mau caminho. Dez mil bênçãos de perdão e paz já estão sobre a cabeça daquele que estendeu a mão para perdoar e ajudar aquele que já foi seu mais grave inimigo!

---

13 Richard conseguiu devolver a cidade de Arras para Arnulfo assim como várias outras cidades flamengas. Arnulfo morreu oito anos depois, em 996, deixando vários filhos, entre os quais sua filha Emma, que está ligada à história inglesa por seu primeiro casamento com Ethelred, o despreparado, e seu segundo casamento, com Knute, neto de seu fiel amigo e aliado, Haroldo Dente Azul. Seu filho era Richard, chamado de Bom; seu neto, Roberto, o magnífico; seu bisneto, Guilherme, o conquistador, que trouxe a raça normanda para a Inglaterra. Poucos nomes na história brilham com tanta consistência como o de Richard; a princípio o jovem duque, depois Richard de Pernas Longas, mas sempre Richard, o destemido.

Impressão e Acabamento
Gráfica Oceano